人麻呂のシグナル

「いろは歌」『万葉集』、
そして四国に隠された真実

釈《しゃく》正《しょう》輪《りん》
崔《チエ》无《ム》碍《エ》
韻《いん》山《ざん》鐘《しょう》九《きゅう》

文芸社

はじめに

私は常々思っていることがある。

「歴史を知らないということは、その人にとってその歴史はないということである」

長い間、私は日本の歴史をよく知らないまま生きてきた。そんなに不便ではなかった。

しかし僧侶として、特に朝鮮植民地時代、一九三八年以降に「国家総動員法」によって「強制徴用」された「朝鮮人労働者」たちの「無縁仏」を故郷に返還する事業をしながら、「なぜこんな若い人たちが、自分の国でもない所で、人知れず無縁仏にならなければならなかったのか?」と考えることが多くなり、本当に胸が痛くなった。そして彼らの無念の声が聞こえてくるように思えた。

「私の代わりにこの悔しい歴史の事実を必ず伝えてくれ!」

そう叫んでいるようだった。

私の歴史の勉強が始まった。特に朝鮮半島と日本列島との関わりについて、現代から近代、そして中世から古代へと進んでいった。特にその過程で、『日本書紀』『古事記』は八世紀の文献であるが、それらが古代の中国の文献、そして十二世紀から十三世紀に書かれた朝鮮の文献と特に六世紀頃までの記述がかみ合わないという事実を知った。即ち、『日本書紀』『古事記』には「卑弥呼」も「倭の五王」もないのである。

私の結論は『日本書紀』と『古事記』の著書が、何らかの理由で「卑弥呼」も「倭の五王」も書かなかったのだろうということであった。どう考えても、中国の魏、宋の文献がこのことについて嘘をつく必要がないからである。

なぜだろう？　考えても答えは出てこなかった。そうだ、同じ時期に書かれた文献はもうないのか？　探してみた。……あった。同じ時期に書かれた歌集『万葉集』である。大伴家持が自らも書き、また編集した四五一六首の膨大な歌集である。

しかしこれは『日本書紀』『古事記』のように漢文で書かれていなかった。万葉仮名と言われる漢字の借音を基本として書かれていた。その当時使われていた言葉を、漢字の音を借りて書いていたのである。朝鮮の古代国家、即ち高句麗《こうくり》、百済《くだら》、新羅《しらぎ》、伽耶《かや》でも吏読《りとう》――イドゥ리두と言われる手法で漢字の借音文字を使っていた。勿論、朝鮮の古代国家の方が早く漢字を使っている。倭国には、応神朝に百済の王仁博士が漢字と『論語』『千字文』等を伝えたとされる。勿論その時の漢字は百済の音読み、訓読みで伝えただろう。

小学館の『万葉集　日本古典文学全集』を読んでみた。よくぞこの膨大な漢字に音を付けて歌集にしたと感心した。素直に頭が下がった。しかし意味の分からない「枕詞」をはじめとして、漢文でもないのに「返点」をうつなど、理解できないことが多かった（漢文と日本文は語順が違うため返点が必要だが）。

最大の疑問は、大伴家持は世間に発表するための官撰でもない『万葉集』を、何の目的で編集したのか？　ということであった。

（事実、『万葉集』は大伴家持の死後に見つかった）

また、『万葉集』ができたとする七五九年頃から七八五年の二六年間、なぜ編集をやめたのか？

ちなみに『万葉集』の最後の歌・四五一六番は七五九年正月に大伴家持が歌った歌である。以後死ぬまでの二六年間、一首も集録していない。なぜだろう？　家持は死後、埋葬を許されないという扱いも受けた。

驚愕である。本当に『万葉集』の本質を知りたければ、この問題は避けては通れないのではないか？　そう思った。

そんな時、一筋の光明が差した。李寧熙《イヨンヒ》さんという、韓国の女流文学人会会長までなさった方が書いた本『日本語の真相』（文藝春秋　一九九一年）との出会いである。この本を通じて、私は『万葉集』を、弥生文化を持ち込んだ渡来人たちの言葉で読むという新しい視点を学んだのである。新しい挑戦が始まった。日本語の成り立ちと本質についても考えるようになった。

結果、俗に言う「万葉集を朝鮮・韓国語で読む」作業が始まった。

なぜ『万葉集』が「朝鮮・韓国語」で読めるのか？　これが最大の問題である。その理由は、まずは絶対条件として「万葉集が漢字で書いてある」ということである（漢字でなければ朝鮮・韓国語で絶対読めない）。漢字であるがゆえに、漢字を倭国に伝えた渡来人たちが読めるのは当たり前である。事実、その末裔である私が、時間はかかるが朝鮮・韓国語で『万葉集』を読めるのである。そしてそれが『日本書紀』の内容と見事、対応するのである。驚きである。

また、歴史的に考察すれば、『万葉集』が朝鮮・韓国語で読めるその根本的な理由は、弥生文化が縄文文化の継承移行ではないということにある。

弥生文化は基本的に「渡来文化」である（そうではないと言う人もいるが）。即ち、「弥生の基本的な言葉は渡来人の言葉である」ということである。

渡来人が来れば渡来人の言葉も一緒に付いてくる。至極当たり前の話である。

問題は、渡来人の規模である。縄文時代の人口数はピークで二六万人、末期では八万人となっている。勿論これが七万六〇〇〇人になっている場合もあるが、大体これを大きく外れない。

これに対して、弥生時代が始まったとされる紀元前三世紀から『万葉集』が編集された八世紀の一〇〇〇年間に、どれぐらいの渡来人が海を渡ってきたのだろう？　色んな説があるが、埴原《はにはら》和郎《かずろう》氏の「シミュレーションによる古代日本への渡来者の数の推定」（一九八七年『人類學雑誌』九五巻三号）によれば、一三〇万人から一五〇万人の渡来者があったという（また、七世紀の縄文人の直系人と渡来者系統の人口比は一対九・六であるとしている）。

驚きの数字である。特に彼は近畿地方を中心とする西日本に非常に多くの渡来者があったと推定している。ここで大事なことは、この渡来者大量移住地に「飛鳥」「古市」そして「藤原京」「平城京」と、この時代の中心地が全て含まれることである。

後にも述べるが、渡来のピークは三回くらいあって、その最後のピーク、即ち「白村江の戦い」があった七世紀、そして八世紀まで続くのであり、まさに『万葉集』が編集された時期まで渡来人が多数押し寄せたのである。これは今の海外旅行のようなものではなく、集団的な移住である。特に応神期の秦氏、漢氏に至っては、秦氏一二〇県、漢氏一七県の大移住である。

渡来した彼らの言葉は渡来人の主流をなした伽耶、百済、新羅、高句麗（その前身である扶餘《ふよ》、馬韓、辰韓、弁韓）の言葉であったろう。まさに彼らが作ったのが『日本書紀』であり、『万葉集』ではなかったか？　もともと漢字を伝えたのも百済の人であり、その時、間違いなく百済の音読み、訓読みが伝わっている。特に『万葉集』は漢字を熟知しなければ書けない。『万葉集』はその当時、その漢字に当てはまる全ての音が用いられたのである。

勿論、紀元前三世紀の渡来人の言葉と、七世紀の渡来人の言葉は全く同じものではなかったろう。それは今、その末裔である朝鮮半島に住む人々、日本列島に住む人々の言葉の違いを見れば分かる。

同じ言葉がなぜこんなに違うものになったのだろう？

それは、住む土地と風土、食文化の違いの蓄積と考える。その土地が人を育むのである。特に食文化は言葉の発音に決定的な影響を与える。ラテン語からイタリア、フランス、スペイン、ポルトガル、ルーマニア語が生まれたように言葉は常に変化し続ける。

現在朝鮮半島に住む人々と、日本列島に住む人々の決定的な発音の差は母音にある。朝鮮半島に住む人々は現在二一の母音（一〇音の単母音と一一音の二重母音）を持つが、日本列島に住む人々の母音は五音（平安時代は八音）である。天武天皇は、天武四年（六七五年）四月に、「牛、馬、犬、猿、鶏の肉を食べてはならない。もしこれを犯すものは罰する」との勅令を下している。食文化が変わり、特に肉食文化がなくなっていけば、おのずと顎の力が落ちていき、複雑な発音は単純化される。母音がなくなれば本来発音していた言葉もなくなり、単純化した音に吸収される。当たり前のことである。平安時代にあった母音が、現在もう三音も失われているのである。結果的には、こういう過程を経て今日に至った日本語と朝鮮、韓国語で私たちは今、『万葉集』を読んでいるという状況にある。

『万葉集』は勿論、日本語でも読める。しかし、朝鮮・韓国語でも読めるのである。所詮漢字は俗に中国の文字なので、漢字を使う国なら全て読み方があるのである。問題は、その音で読んで意味があるのかどうかということである。単なる音の羅列では読んだことにならない。大事なことは朝鮮・韓国語で読んで意味のある文章ができるという厳然たる事実である。これは難しい理論でもなければ論議の対象でもない。読んでみると読めるというだけの話である。たまたま、まぐれで読めるというものではなく、私みたいな素人でもすでに二〇〇以上の歌を読んだ。柿本人麻呂、大伴家持、高市皇子、十市皇女、有間皇子、大津皇子、草壁皇子、持統天皇、天武天皇、文武天皇と、この時代の中心人物の歌全てが朝鮮・韓国語で読めたのである。藤原不比等の歌が一首もないのが本当に惜しい（名前を伏せて詠んでいるかもしれないが？）。

私見だが、この『万葉集』の主人公たちは、その当時の渡来人の言葉と、日本列島で使われていた言葉を両方理解していたと思う。なぜなら、それらを織り交ぜながら歌を詠んでいるからである。特に、公にできない秘密を暴露する歌は、難解な二重読みになっている。まさに『万葉集』を漢文ではなく万葉がなで詠んだ必要性がここにあると思う。これが『万葉集』が生き残った所以だと思う。公にできる歌集であれば、大伴家持は生きているうちに堂々と公表したはずである。できなかったのは、それなりの理由があったからである。これは『万葉集』の編集目的を考える上で非常に大事な点である。

もう一つ、本文を読む前に承知してほしいのは、濊《かい》――イェ예（わい）と貊《はく》――メッ맥（パク、ハク）の問題である。濊と貊というのは、古朝鮮の建国神話である「檀君神話」に出てくる、朝鮮民族を形成する根幹の部族である。「檀君神話」では、濊は虎トーテムの部族として、貊は熊トーテムの部族として登場する。この部族は古代国家ができる前から存在し、それぞれ古代国家に吸収されていった。

『万葉集』を読んでみると、この時期、主に「高句麗」の人たち、またその流れを継ぐ「百済」

の人たちの一部を貊と呼んでいる（百済は伽耶の一部を吸収したため、百済から来ても伽耶の血筋を持つ者は濊になる）。また「伽耶」「新羅」の人たちは、濊と呼んでいる。なぜこの問題が大事かというと、弥生時代初期から先に日本列島に進出したのは「濊」の勢力だったからである。彼らは「八・や」と呼ばれ、自分たちの住んでいる島を「八島」と呼び、自分たちの神を「八百萬の神」と呼んだ。

私見では、崇神王朝で表される古代倭国は濊、即ち金官伽耶を中心とする伽耶勢力が北九州、吉備、難波、三輪纒向《まきむく》へと進出し建てた、日本列島で初めての古代国家だと思っている。勿論時期は「謎の四世紀」である。

その後、応神王朝で表される勢力は「百済」の勢力であり、この時、最大の集団移住がなされる。この最大の理由は「高句麗」の南下にあり、百済と倭は連合してこれに当たったのである。時期は五世紀である（中国吉林省集安市にある高句麗の広開土王碑がこれを証明してくれる）。その後、七世紀には有名な「白村江の戦い」があり、唐、高句麗、百済、新羅、倭の歴史書の記述は一致する。

即ち、唐・新羅連合に高句麗・百済連合が破れ、大量の渡来集団が倭に押し寄せたのだ。勿論、国が滅んだので、王族、官僚、軍人、知識人、技術者等超エリートたちが集団移住したのである。即ち、貊の超エリート集団が大量に押し寄せたということである。ここに倭国での濊と貊による熾烈な主導権争いが始まるのである。

柿本人麻呂も大伴家持も濊の血筋を引いており、『万葉集』とは、貊（天武、文武、藤原不比等ら）の作った『日本書紀』の嘘を暴露するために四五一六首もの歌を集め、その中に自分たちから見た真実を散りばめたコメント集ではなかったか？

『万葉集』を朝鮮・韓国語で読むと、強烈に思うのである。

崔 无碍

目次

いろは歌とあめつちの詞

崔 无碍

いろは歌

いろは歌は、仮名四七文字を重複させずに使った誦文《ずもん》内容が仏教の無常観を含んでいるため、一般的には弘法大師空海の作と言われています。他には作者として、柿本人麻呂や源高明などの説があります。

『色匂散　我世誰　常　有為奥山　今日越　浅夢見　酔　京』
『いろはにほへと　ちりぬるを
わかよたれそ　つねならむ
うゐのおくやま　けふこえて
あさきゆめみし　ゑひもせす』

鎌倉時代の僧・了尊は末尾に『京』の文字があったと伝え、現代では「ん」を加えることもあります。

平安時代初期の「あめつちの詞」も、同じ手習い歌として知られています。
『天　地　星　空　山　川　峰　谷　雲　霧　室　苔　人　犬
あめ　つち　ほし　そら　やま　かは　みね　たに　くも　きり　むろ　こけ　ひと　いぬ
上　末　硫黄　猿　おふせよ　えのえを　なれゐて
うへ　すゑ　ゆわ　さる　おふせよ　えのえを　なれゐて』
この、あめつちの詞は、概ね二音節の言葉を連ねており、冒頭から「さる」までは、日常使う言葉を並べたものとみられますが、それ以降の「おふせよ　えのえを　なれゐて」は意味不明な語の羅列になっていて、形式的にも破綻しています。
その理由については不明ですが、国語学者の大矢透による「生ふせよ　榎の枝を　馴れ居て」という解釈が広まっています。それでも、意味不明です。

私は、いろは歌とあめつちの詞は柿本人麻呂が作ったと思っています。

その理由は『万葉集』にあります。

新しい年号に『令和』が決まり、その典書が『万葉集』にあることを知って読んでみたのですが、いくつかの疑問が湧いてきました。

「勅撰でもない、世間に発表するためでもない四五一六首のたくさんの歌を、大伴家持はどうやって選び、なぜ歌集にまとめて後世に残そうとしたのか」

「亡くなる前の二六年間はなぜ一句も足さず編集をしなかったのか」など……。

そんな時、数冊の本に出会って、視点が変わりました。

李寧熙さんが書いた『日本語の真相』『フシギな日本語』『枕詞の秘密』です。

李寧熙さんは一九三一年東京に生まれ、戦争が終わる直前の一九四四年韓国に帰られました。一九五四年梨花女子大英文科卒。その後、『新しい友』編集長、『韓日日報』文化部長、論説委員などを歴任。一九八一年国会議員当選。一九八五年から一九八八年まで公演倫理委員長。前韓国女流文学人会会長。一九八九年に日本で、『もう一つの万葉集』を出版。著書七冊、トータル一〇〇万部を超え、読者二〇〇〇人による後援会と会報誌『まなほ』も発刊。二〇二一年四月二十五日に八九歳で永眠されました。

彼女は八世紀前半に大部分が編集された『古事記』『日本書紀』『風土記』が古代韓国語で読める所以と、韓国語が日本語に変貌する過程及びその法則について深く考察しました。私個人としても、その通りだと思っています。

漢字は応神天皇の頃、百済の王仁博士によって日本に伝えられました。万葉仮名は、その漢字に当時の日本語の音と訓を当てて生まれました。朝鮮半島でも同様に、漢字に当時の朝鮮語の音と訓を当てて使っていました。『吏読《りとう》』と呼ばれています。

では、なぜ『万葉集』が韓国語で読めるのでしょう?

当時、日本には夥しい数の人たちが半島から渡来してきました。殊に、高句麗・百済・新羅の三国時代になると、戦いに敗れた大勢の人々が渡来するようになります。その多くは、王族をはじめとする、高官、軍人、学者など、身分の高い人たちです。大勢の技術集団を引き連れて日本に渡り、様々な文化を伝えました。日本に多くの漢籍がもたらされたのも、この時期です。

高級官僚の多くが、当時の日本語と朝鮮語を理解することができたのです。

具体的に『万葉集』の読み方について説明します。

一言で言えば七、八世紀に日本に流通していた漢字を、日韓音訓混合式に読み下し、意味のある歌にしていくという手法です。

例えば、李寧熙さんは現代風に分かりやすく言えば「浦塩斯徳」を「ウラジオストック」と読む手法に似ていると言っています。

「浦、塩」は日本語訓読み、「斯、徳」は日本語音読み、音訓ごっちゃ読みです。特に「斯」は「シ」と読むが「ス」としています。似通った音、擬音で読んでいます。現在でも漢字で外国の地名など読む場合、このような手法が用いられます。しかし『万葉集』では、これに韓国語の音訓がプラスされます。また、「擬音」「慣例的な特殊読み」等も含めれば、現在の日本語、韓国語を熟知しなければ、幾通りもある音の中から最適の音を探せません。

平安時代以降の日本語で読んでもよく分からない「枕詞」「難訓歌」「未詳歌」「語義不詳」がこの方法で相当数読めるのです。即ち、相当数が韓国語で読まれたということが分かります。そして、そういうふうに書かれた歌は、『日本書紀』のその歌が詠まれた時期に起きた様々な『事件』に対応していて、明確なコメントになっているのです。

ではなぜ、大伴家持は公にできない歌を四五一六首も集めたのでしょう。

私見ではありますが、家持が本当に伝えたかったのは「柿本人麻呂の、古代史へのコメント集」ではなかったのか？ そんな思いさえします。

勿論、全ての歌が素晴らしい歌としても完成されていますが、彼の歌は『日本書紀』が伝えなかった最大の「秘密」に対する「コメント集」ではなかったか？ そんな思いが、この「いろは歌」「あめつちの詞」を読むと、より強くなるのです。

そのような観点で一八文字の「いろは歌」の漢字を読んでみました。

『色匂散我世誰常有為奥山今日越浅夢見酔』。

実は最後に『京』の文字を入れると意味がより鮮明になります。

「色匂散我世誰常」「有為奥山今」「日越浅夢見酔京」

七五七の歌です。

読み方は、今の感覚で簡単に言うと韓国語の「音、訓」、日本語の「音、訓」を全て利用し、意味のある文章を作るのです。

即ち一九文字を万葉仮名として読みます。

漢字の意味に拘らず借音しながらある時は訓読みしながら、ある時は音読しながら、意味のある文章にします。

例えば「色」という漢字は「イロ、ショク」、韓国語で「ピッ빛、セック색」というふうに考えます。

結果、私は韓国語で、次のように二通りに読むことができました（韓国語の音読みと訓読みの場合、意味が異なります）。

一つは、「（どう生きるか）選びなさい！　貴方は息子の世が来たのに誰と暮らしているのですか？　判ったら来なさい。面倒を見ます。渡しを越え、訪ねて来なさい。会いましょう。ミヤコ！」という呼びかけの歌になります。

「イロ！　ニ　オイ　サ？　アゴセサン　ヌグ　サ？　アラタメ　オグ　メグム。ナルノモチャク　ポゲラム。ミヤコ！」

ハングル表記は「이러！　니 어이 사？　아거세상 누구 사？　알았다메오구 맥음。나루넘어찾구 보게람。미야꼬！」。

また、次のようにも読めます。

「選びなさい！　貴方はなぜ別れて暮らしているのですか？　息子の世が来たのに寝て（何もせず）暮らしているのですか？　判ったら来なさい。面倒を見ます。渡しを越え、訪ねて来なさい。ミヤコ！」

「イロ！　ニ　オイ　ヘヨジョ？　アゴセサン　ヌウグサム？　アラタメ　オグ　メグム。ナルノモ　チャク　ポゲラム。ミヤコ！」

ハングル表記は「이러！ 니 어이 혜여져？ 아거세상 누우구 사？ 알았다메 오구 맥음。나루넘어 찾구보게람。미야꼬！」

一体誰が誰に呼びかけたのでしょう？

最大のヒントとなるのは、固有名詞「ミヤコ」です。

そしてこの歌に拠れば、そのミヤコの息子が「天皇」であるという事実です。

私が知っている限り、その条件に当てはまるのは「藤原宮子」と、その息子「聖武天皇」です。

藤原宮子は七〇一年、一八歳の時に「首皇子、後の聖武天皇」を出産して、七三七年まで三六年間五四歳になるまで息子と会えなかったと伝わっています。

息子の世、「聖武元年」は七二四年です。しかし元明天皇は七二一年にすでに亡くなっており、それ以後は首皇子の影響力が大きくなっていったと思います。私見によると、このいろは歌の元になる七五七調の一九文字の万葉仮名による歌が詠まれたのは七二四年前後ということになります。

ここで人麻呂と思われる人物の死亡年が七〇八年と七二四年、二通りあることについて私見を述べようと思います。本当のところ生年月日、死亡年月日は不詳ですが、一般的には人麻呂は六六〇年に生まれ、七二四年に亡くなったと言われています。また『日本書紀』に出てくる「柿本猨（佐留）」は七〇八年に亡くなったとされています。私は柿本猨と人麻呂は同一人物だと思っています。それではなぜ二回も死亡年を記したのでしょうか？

まず七〇八年について言えば、この年は元明が即位し、その後ろ盾である不比等の意向で人麻呂は死刑を免れ四国から帰還し、犬飼三千代の家系に入り「橘諸兄」に変身した年です。「柿本猨」は正史から消す必要があったのでしょう。この時に詠った歌が最後の漢字が「猿」で締めくくられた「あめつち詞」だと思います。

次に七二四年について言えば、人麻呂の実子だと思われる聖武天皇が即位した年であり、永遠に人麻呂は歴史から消さなければならなかったのでしょう（正史では聖武天皇は文武天皇の子となっています）。この時、聖武天皇の実母である藤原宮子に早く出てきなさいと詠った歌が、最後が「京・みやこ」で締めくくられた「いろは歌」でしょう。

藤原宮子は出産後二二年間消息が定かでなく、急に七二三年に従二位、「聖武天皇」元年の七二四年には正一位を授かっています。

「藤原宮子」はなぜこの時期、女性としては「最高の位」を授かったのでしょう？　私の解いた

「いろは歌」の内容と重なるのは偶然でしょうか?

次に、藤原宮子に呼びかけたのは誰でしょう?

私はズバリ「柿本人麻呂」だと思っています。

『万葉集』二巻の二二三、二二四、二二五、二二六、二二七「即ち柿本人麻呂、石見国に在りて死に臨む時、自ら傷みて作る歌一首。柿本人麻呂の死ぬる時に、妻依羅娘子の作る歌二首。丹比真人、柿本人麻呂の心をあてはかりて、報ふる歌一首。或本の歌に曰く一首」。

計五首を続けて読むと、柿本人麻呂は死ななかったということが分かります。

一首だけ読んでみましょう。

二巻二二四番

〈原文〉

『且今日　且今日　吾待君者　石水之貝尓（一伝、谷尓）交而有登不言八方』

〈訓読〉

『けふけふと　あがまつきみは　いしかわの　かひにまじりて　ありといはずやも』

〈意訳〉

『今日こそ今日こそと　私が待っているあなたは石川の峡に入ってしまっているというではないか』

次は韓国語で読めば意味がどうなるかという問題ですが、ハングル表記は幾通りもの読み方があり、私流に読めば、こうなります。

日本語意訳（幾通りもの読み方がありますが、私はこのように読みました。九四ページ参照）

「騙されるぞ！　もっと明らかにしよう！　出しゃばり者が、（人麻呂がいる）石水（鳴門）に行き、お会いしたら（人麻呂の遺体が）「身代わり」だと気づいても何も言わないでください」

〈ハングル表記〉

「속여우 더켜우 나대김자 돌미가뵈니 바꾸이알아도　아니이푸리예모」

（「且今日」は、「且」が日本語音読で「そ」、「今日」は日本語訓読で「きょう」。合わせると、ソ＋キョウ、ハングルで속여우。また、「且」は韓国語訓読で「ト、더」、今日は日本語訓読で

キョウ、合わせるとト+キョウ、ハングルで더켜우)

ちなみに柿本人麻呂の現地妻とされている不祥の作者の依羅娘子《よさみのをとめ》は自分で「出しゃばり者」と言っていますが、名前を韓国語吏読で読めば「ヨラナンジャ」(うるさい、出しゃばり者)とも読めます。

五首を続けて読むと、柿本人麻呂自身の二重読み(死に際しての別れの言葉とも取れるし、裏読みすると全然違う意味の歌)、依羅娘子の告白証言、その他は今後誰に頼ればいいのかという助言等、一つの流れで編集されているのです。

私の考えでは、柿本人麻呂はある人に変身しています。その人はズバリ「橘 諸兄《たちばなのもろえ》」だと思います。

また、柿本人麻呂の詠んだ歌の三巻二六六を読めば、彼は四国の鳴門で囚われていたということまで推察できます。

『万葉集』は七、八世紀頃、激動の歴史の謎に対する明確なコメント集です。

結論的に「いろは歌」とは七二四年前後、柿本人麻呂が藤原宮子に送った一九文字の万葉仮名の原文を空海の時代に手習い用に直し、民衆に普及したものです。

なぜでしょう?

一字一句間違えずに後世に歴史の真実を伝えるためです。いつかはこのことに気づく人が現れるのを信じて！

そして、いろは歌を手習いにする場合、なぜか七音で切っていることを説明します。

いろはにほへと
ちりぬるをわか
よたれそつねな
らむうゐのおく
やまけふこえて
あさきゆめみし
ゑひもせす

最後の音を拾うと、「とかなくてしす」『解かなくて死す』となります。人麻呂はこの暗号を後世に伝えたかったのです（「咎《とが》なくて死す」という意見もあります）。

今まで、このことについては、たくさんの方が指摘されています。

柿本人麻呂は不思議な人です。『万葉集』で彼が詠んだ歌を読むと、壮絶な人生が浮かび上がってきます。

彼の歌のハイライトは二巻一九九の歌です。

この長歌の一部を読み解くと、聖武天皇の実の父親は柿本人麻呂であると言っています。人麻呂は「濊《イエ》」の血を引くヒーローであり、その血を受け継いだとしたら聖武天皇は「濊」の希望の星です。(『万葉集』を詠むと、天武と、文武・藤原不比等は、親子であるがゆえに貊系)。

ちなみに「貊」と「濊」は、古朝鮮を代表する強大な部族国家で、貊は主として高句麗及び高句麗人を指称しました。伽耶国出身と思われる人麻呂は、濊人であり、天武と文武、不比等の子孫たちは貊人の代表選手と言えます。


結局、母親の藤原宮子は精神的に病があるとして不遇な境遇に追いやられ、人麻呂も消えます。私見では、最終的には四国の鳴門の崖っぷちの隔離小屋に閉じ込められたと思われます。

持統、文武が亡くなり、人麻呂は晴れて生還を果たしますが、さすがに聖武天皇の実父とは公にできず、生死を曖昧にして変身します。しかし、歴史の真実を永遠に伝えるために「千字文」ふうに工夫を凝らし、鳴門を出る時、実は生きているということを詠った「詞」が「あめつちの詞」であり、聖武天皇の世になったのに早く訪ねて来なさいと宮子に呼びかけたのが「いろは歌」なのです。

『日本書紀』は貊系の天皇が編集したものであり、このような歴史は葬られて然るべきです。この嘘を暴露するために「伽耶・濊」の人々が中心に編集したのが、まさに『万葉集』であろうと思います。

あめつちの詞

次に「あめつちの詞」を見てみましょう。

私は、いろは歌とあめつちの詞は柿本人麻呂が作った万葉仮名の歌だと思っています。「あめつちの詞」の全文は次です。

「天地　星空　山川　峰谷　雲霧　室苔　人犬　上末　硫黄　猿　おふせよ　えのえを　なれゐて」

「あめつちの詞」が出てくる最も古い例は、源　順《みなもとのしたごう》（九一一年〜九八三年）の私家集『源順集』です。また「いろは歌」と同様、同じ仮名を二度使わずに構成していますが、「えのえを」で「え」が二つあるのは、ア行の「え」とヤ行の「え」の区別を示すものと考えられていることから、この区別が残っていた平安時代初期までには成立したと推測されます。

私は「あめつちの詞」が先で、「いろは歌」は後であると考えています。「あめつちの詞」は、七〇七年に文武天皇が亡くなって詠まれ、「いろは歌」は七二四年に聖武天皇が即位した後に詠まれたと考えられるからです。

「あめつちの詞」を韓国語吏読で解いてみましょう。

『天　地　星　空山川峰　谷　雲　霧　室　苔　人　犬　上　末硫黄　猿
アメトジポッコサガポンダニクモキリムロコケピトギョンオルセイオノラサル』

〈ハングル表記〉

「아메터지 벗고 사가본다니。거머끼리물어꺽게 비토 겸 오르세 이어노라！ 사뢰」

意味は、

「天皇の怒りが晴れて　生きてみるとは！　貊人同士噛みつき折れる。不比等と組んだ。上ろう！（首《おびと》が天皇の代を）継ごうぞ！　猿」

最後の「おふせよ　えのえを　なれゐて」とは何なのでしょう？　韓国語で読み解くと、「オプセヨ！　エノエヲ　ナレ　ウィ　テ！」

「엎으세요！　예의애를！　나래우（위）、대！」

意味は「覆い隠しなさい！　藏の子を！（我）羽ばたき、上（天）に届くなり！」

柿本人麻呂は「藏人」です。最後の部分は、多分「柿本人麻呂」が、自分が生きていること、息子のことを公にしてほしくないというコメントとして、付け加えたのでしょう。

私見ではありますが、「いろは歌」も「あめつちの詞」も、最後は「京《ミヤコ》（宮子《ミヤコ》）」「猿《サル》」と、人の名前で終わっています。作者が同じだからです。

結論として「あめつちの詞」は文武天皇が亡くなって、人麻呂が生きて自由になれた時に作られた「詞」でしょう。

一方「いろは歌」はその後、聖武天皇の世になって藤原宮子に呼びかけた歌だと思います。内容は先に述べた通りです。

この、埋もれた歴史の真実を、後世に正確に伝えるために「手習い」という手法を用いたのでしょう。

素晴らしい才能です！　頭が下がります。

私は「空海」「橘　逸勢《たちばなのはやなり》」という時代が生んだ「三筆」の二人が関わったと思っています。勿論、空海が作った「綜芸種智院《しゅげいしゅちいん》」でも「いろは歌」は「手習い」として教えられたでしょう。そして今、私が目にしています。文字として残すとは、本当に素晴らしいことです。

具体的な韓国語、ハングルとの比較

以下、詳細にみていきます。

一、「いろは歌」

「色　匂　散」で一つの意味がある段落で、「イロ　ニオイ　サン」と読みます。正確には「イロ！」＋「ニオイ」＋「サン？」。

「色　匂」は「イロ　ニオイ」。ハングルで「이러！　니 어이」。

「散」は韓国語の音読みで「サン」、ハングルで「산（삼）？」。ただ、韓国語の吏読の場合、最終音パッチム「받침」が省略される場合が多いので「사？」。また「散」は訓読みですと、「ヘヨジョ」。ハングルで「헤여져」。

続ければ「イロ　ニ　オイ　サ」。または「イロ　ニ　オイ　ヘヨジョ」となります。

「色、イロ、이러？」の韓国語の意味は「（どう生きるのか）選びなさい！」。（ここでは「選べ！」とちょっときつい意味にも取れます）「イロ、이러」は「일다」からきています。

「匂、ニオイ、니 어이？」の韓国語の意味は「貴方はどんなふうに？」または「貴方はなぜ？」。

「散、サ、사?」の韓国語の意味は「暮らしている?」。また訓読み「ヘヨジョ、헤여져?」の意味は「(なぜ)別れて暮らしているのですか?」です。続ければ意味は「(どう生きるのか)選びなさい! 貴方は(今)どのように暮らしているのですか?」または、「(どう生きるか)選びなさい! 貴方は(なぜ)別れて暮らしているのですか?」です。

一説では「いろは」を「色葉」と漢字で書いてあるとしますが、その場合でも意味はほとんど同じです。

「色葉」は「イロイ、이러이!」意味は「選びなさい!」。ちょっと丁寧です。

「葉」はイプ「잎」。吏読では最後の音(パッチム)が省略されることがあるので、「イプ」が「イ」になります。

次は「我世誰常」。「アゴ」+「セサン」+「ヌグ」+「サ」。

ハングルで書けば「아거」+「세상」+「누구」+「사」。

「我」は「アゴ」、自分の息子のこと。

「世」は韓国語の訓読みで「セサン(世間、世の中)」、ここでは一般的な世間という意味ではなく、ある支配者が治めている期間の意味。

「誰」は「ヌグ」、意味はそのまま「誰」です。(ヌウグと音を伸ばすと「누우구」、意味は「寝ている」ともとれます)

「常」は「サ」。「常」は韓国語の音読みで「サン、상」と読みますが、吏読で最後の音を消去すると「サ、사」、意味は「暮らしているのか?」または「生きているのか?」という意味になります。

続ければ意味は、「息子の世が来たのに誰と暮らしているのですか?」、または「息子の世が来たのに(何もせず)寝て暮らしているのですか?」。

次は「有為奥山今」。正確には「アラタメ」+「オグ」+「メグム」。

ハングルで書けば「알았다메」+「오구」+「맥음」。

「有為」は「アラタメ」、韓国語の訓読みで、意味は「判ったなら」。現代風に言えば「알았다면」。

「奥」は「オグ」、韓国語の訓読みで、意味は「来なさい」。

「山今」は「メ+グム」、「山」は韓国語の音読みでサン、산。訓読みではメ、뫼。「今」は韓国語音読みでグム、금。

メグムは直訳をすれば「恵む、食べさせる、面倒を見る」となります。

続ければ、「判ったなら来なさい。面倒を見ます」。

次は「日越浅夢見酔京」。正確には「ナルノモ」+「チャク」+「ポゲラン」+「ミヤコ」。

ハングルで書けば「나루넘어」+「찾구」+「보게람」+「미야꼬」。

「日」は韓国語の訓読みで「ナル、날」。万葉仮名では最後の音（パッチム）が母音をつけて独立音になる場合が多く、날（ナル）が나루（ナ・ル）になります。意味は「渡し」、鳴門、四国を暗示しているように思います。

「越」は韓国語訓読みで「ノモ、넘어」、越えるの意味です。

「浅」は韓国語音読みで「チャン、잔」。

「夢」は韓国語訓読みで「クム、꿈」。

最後の音が消え、「チャ+ク、자꾸」「頻繁に」という意味にもなりますが、ここでは似た音の「찾구」「探して、訪ねて」の方が合うような気がします。

「見」は韓国語訓読みで「ポダ、보다」、基本は「ポ、보」。

「酔」は韓国語音読みで「チ、취」、韓国語訓読みでは「ケラン、괴란」。

この場合、音読みをとっても「見る」の意味の「ポジ、보지」と読めますが、訓読みの「ポゲラン、보게람」の方が合うような気がします。また「ポゲラン」にすると、最後の音が「ん」になるのです。意味は「見ましょう、会いましょう」。

「京」は「ミヤコ」これは会おうとしている人の名前です。

続けると意味は、「渡しを越え訪ねて来なさい。会いましょう、ミヤコ！」となります。

二、「あめつちの詞」

「天地　星空」これで一つの意味を持つ「アメ　トチ　ポッ　コ」、ハングル表記は「아메터지벗고」。

「天」は「アメ、아메」。「天皇」を指し、「地」は「トチ、터지」です（『宇津保物語』では「都千」、源為憲《みなもとのためのり》の『口遊《くちずさみ》』でも「都千」と万葉仮名で書いてあります）。

意味はここでは「怒りが爆発すること」。

「星」は「ポッ、벗」。（一般的にはピョル、별）。「ポッ、벗」について説明すると、他に「穂」もホ（現在の韓国語ではピョ、벼）「砂鉄の粒」もポッ、「炭の小さな火種」もポッです。なぜかというと、選び出された（韓国語でポッタ、뽑다）丸くて粒状の光る物を「ポッ、뽑，봇，벗」といいます。ちなみに「黒子、ホクロ」も丸くて黒い粒状のものですね。

「空」は「コン、공」。最後の音がなくなって「コ、고」。

続ければ「ポッコ、벗고」。

意味は本来「脱ぐ」という意味ですが、ここでは「疑いが晴れる」という意味で使われています。

「天地　星空」「アメトチ　ポッコ」「아메터지 벗고」

続ければ、意味は「天皇の怒りが晴れて」という意味になります。

次に「山川　峰谷」で一つの意味を持ちます。

「サガ　ポンダニ」、ハングル表記は「사가 본다니」。

「山」は「サン、산」。「川」は「カン、강」で、そのまま山川の意味とも取れますが、最後の音は省略されて「サガ、사가」、意味は「生きて」です。

「峰」は韓国語の音読みで「ポン、봉」、ここでは似た音の본。意味は「見る」。

「谷」のハングル表記は「다니」、意味は「〜とは」です。

続ければ、意味は「生きて　見るとは！」


次に「雲霧　室苔」で一つの意味を持ちます。

「クモキリ　ムロコケ」、ハングル表記は「거머끼리 물어꺽게」。

「雲」は貊族、メッ（熊族）を表します。

「霧」は「キリ、끼리」。意味は「〜どうし」。よって「クモキリ」の意味は「貊人どうし」となります。

「室」は「ムロ、물어」。意味は「噛みつく、闘う」。

「苔」は「コケ、꺽게」。意味は「折れる、負かす、破る、拉ぐ」。

続ければ、意味は「貊人どうし噛みつき闘い、折れた！（倒れた）」。


次は、「人犬」

「人犬」は「ピト　キョン」。ハングル表記は「비토 견」。

「人」は「ピト（ピト）、비토」。意味は「不比等」。

『万葉集』では不比等のことを、「不」「人」「留」「淡」等の漢字で表しています。ちなみに不比等は「淡海公」とも呼ばれています。

「犬」は「キョン、견」。意味は「組んだ、仲間に入れた」。続けると「不比等と組んだ」となります。


次に「上末　硫黄」

「上」は韓国語訓読みが「オル」で、表記は「오르・올（오르다の語幹）」。意味は「あがる」。

「末」は「スエ、세（쇠）」。意味は「〜しよう！」。

「硫」はイオウ。ハングル表記は「이어」。意味は「継ぐ」。

「黄」は韓国語訓読で「ノラ（ノラン）」、ハングル表記は「노라（노란）」。意味は「〜である、〜であろう」。

続ければ、意味は「あがろう！（首《おびと》が代を）継ごうぞ！」

最後の「猿」は人の名前。柿本人麻呂自身を指します。「猿」はサル、サレェ、사뢰。「申し述べる」という意味を持ちます。人麻呂は歌を通じた「語り部」だったのでしょう。

（なお、最後の「おふせよ　えのえを　なれゐて」は三〇ページで解いていますので、そちらを参照のこと）

『万葉集』一九九番を韓国語で読む

それでは『万葉集』一九九番を全文掲載し、三つに分け、韓国語で読んでみます。

『高市皇子尊城上殯宮之時、柿本朝臣人麻呂作詞一首并短詞』

（便宜上、原文にはありませんがスペースで三ツに区切ってあります）

標訓　高市皇子尊の城上（きのへ）の殯宮（あらきのみや）の時に、柿本朝臣人麻呂の作れる歌一首并せて短歌集一九九

挂文 忌之伎鴨（一云 由遊志計礼抒母）言久母 綾尓畏伎 明日香乃 真神之原尓 久堅能 天都御門乎 懼母 定賜而 神佐扶跡 磐隠座 八隅知之 吾大王乃 所聞見為 背友乃國之 真木立 不破山越而狛劔 和射見我原乃 行宮尓 安母理座而 天下 治賜（一云 掃賜而）食國乎 定賜等 鶏之鳴 吾妻乃國之御軍士乎 喚賜而 千磐破 人乎和為跡 不奉仕 國乎治跡（一云 掃部等）皇子随 任賜者 大御身尓大刀取帯之 大御手尓 弓取持之 御軍士乎 安騰毛比賜 齊流 鼓之音者 雷之 聲登聞麻弖 吹響流 小角乃音母（一云 笛之音波）敵見有 虎可叨吼登 諸人之 恊流麻弖尓（一云 聞或麻弖）指擧有 幡之靡者 冬木成 春去来者 野毎 著而有火之（一云 冬木成 春野焼火乃）風之共 靡如久 取持流 弓波受乃驟 三雪落 冬乃林尓（一云 由布乃林）飃可毛 伊巻渡等 念麻弖 聞之恐久（一云 諸人 見或麻弖尓）引放 箭之繁計久 大雪乃 乱而来礼（一云 霰成 曽知余里久礼婆）不奉仕 立向之毛 ・露霜之消者消倍久 去鳥乃 相競端尓（一云 朝霜之 消者消言尓 打蟬等 安良蘇布波之尓）渡會乃 齊宮従神風尓 伊吹或之 天雲乎 日之目毛不令見 常闇尓 覆賜而 定之 水穂之國乎 神随 太敷座而・・八隅知之 吾大王之 天下 申賜者 萬代尓 然之毛将有登（一云 如是毛安良無等）木綿花乃 榮時尓 吾大王 皇子之御門乎（一云 刺竹 皇子御門乎）神宮尓 装束奉而 遣使 御門之人毛 白妙乃 麻衣著 埴安乃門之原尓 赤根刺 日之盡 鹿自物 伊波比伏管 烏玉能 暮尓至者 大殿乎 振放見乍 鶉成 伊波比廻

雖侍候 佐母良比不得者 春鳥之 佐麻欲比奴礼者 嘆毛 未過尓 憶毛 未不盡者 言左敝久 百濟之原従神葬 々伊座而 朝毛吉 木上宮乎 常宮等 高之奉而 神随 安定座奴 雖然 吾大王之 萬代跡 所念食而作良志之 香来山之宮 萬代尓 過牟登念哉 天之如 振放見乍 玉手次 懸而将偲 恐有騰文

〈訓読〉

かけまくも ゆゆしきかも（一は云はく、ゆゆしけれども）言（こと）はまくも あやに畏（かしこ）き 明日香の 真（ま）神（かみ）が原に ひさかたの 天つ御門（みかど）を 懼（かしこ）くも 定め賜ひて 神さぶと 磐（いは）隠（かく）り座（いま）す やすみしし 吾（わ）が大王（おほきみ）の 聞（き）こし食（め）す 背面（そとも）の国の 真木立つ 不破（ふは）山越えて 狛剣（こまつるぎ）和射見（わざみ）が原の 行宮（かりみや）に 天降（あまも）り座（いま）して 天の下 治め賜ひ（一は云はく、掃（はら）ひ賜ひて）食（を）す国を 定め賜ふと 鶏（とり）が鳴く 吾妻（あづま）の国の 御軍士（みいくさ）を喚（め）し賜ひて ちはやぶる 人を和（やわ）せと 奉（まつ）ろはぬ 国を治めと（一は云はく、掃（はら）へと）皇子ながら 任（よさ）し賜へば 大御身（おほみみ）に 大刀（たち）取り帯（をび）し 大御手（おほみて）に 弓取り持たし 御軍士（みいくさ）を 率（あども）ひ賜ひ 斎（ととの）ふる 鼓（つつみ）の音は 雷（いかづち）の 声（おと）と聞くまで 吹き響（な）せる 小角（くだ）の音（おと）も（一は云はく、笛の音は）敵（あた）見たる 虎か吼（ほ）ゆると 諸人（もろひと）の 怖（おび）ゆるまでに（一云 聞き惑ふまで）指（さ）し挙（あ）げる幡（はた）の靡きは 冬こもる 春去（さ）り来れば 野ごとに 著（つき）てある火の（一は云はく、冬こもり 春野焼く火の）風の共（むた）靡くが如く 取り持てる 弓弭（ゆはず）の騒（さはき）み雪降る 冬の林に（一は云はく、木綿（ゆふ）の林）旋風（つむぢ）かも い巻き渡ると 念（おも）ふまで 聞（き）きの恐（かしこ）く（一は云はく、諸人の 見惑ふまでに）引き放（はな）つ 矢の繁けく 大雪の 乱れし来（きた）れ（一は云はく、霰なす 彼方（そち）より来（く）れば）奉（まつろ）はず 立ち向ひしも 露霜の 消（け）なば消（け）ぬべく 行く鳥の 争（あらそ）ふはしに（一は云はく、朝霜の消（け）なば消（け）とふに 現世（うつせみ）と 争ふはしに）渡会（わたらひ）の 斎（いつ）きの宮ゆ 神風（かむかぜ）に い吹き惑はし 天雲を 日の目も見せず 常闇（とこやみ）に覆（おほ）ひ賜ひて 定めてし 瑞穂の国を 神ながら 太敷きまして やすみしし 吾が大王（おほきみ）の 天の下申（まを）し賜へば 万代（よろづよ）に 然（しか）しもあらむと（一は云はく、如（かく）しもあらむと）木綿花（ゆふはな）の 栄ゆる時に 吾が大王（おほきみ）皇子の御門を（一は云はく、刺す竹の 皇子の御門を）神宮（かみみや）に 装（よそほ）ひ奉（ま）つりて使（つかひ）遣（や）り 御門の人も 白栲（しろたへ）の 麻衣（あさころも）着て 埴安（はにやす）の 門（みかど）の原に 茜さす 日のことごと 鹿猪（しし）じもの い匍（は）ひ伏（ふ）しつつ ぬばたまの 夕（ゆうへ）になれば 大殿を 振り放（さ）け見つつ 鶉（うずら）なす い匍（は）ひ廻（もとほ）り 侍（さもら）へど 侍ひえねば 春鳥の 彷徨（さまよ）ひぬれば 嘆（なげ）きも　いまだ過ぎぬに　憶（おも）ひも　いまだ尽きねば　言（こと）さへく　百済（くだら）の原ゆ　神葬（かみはふ）り　葬（はふ）りいまして　麻裳（あさも）よし　城上（きのへ）の宮を　常宮（とこみや）と　高く奉（まつ）りて　神ながら　鎮（しづ）まりましぬ　然れども　吾（わ）が大王（おほきみ）の　万代（よろづよ）と念（おも）ほし食（め）して　作らしし　香具山の宮　万代（よろづよ）に　過ぎむと念（おも）へや　天のごと　振り放（さ）け見つつ　玉襷（たすき）懸（か）けて偲（しの）はむ　恐（かしこ）ありども

〈現代語訳〉

口にするのもはばかられることよ〔はばかられるが〕。ことばで言うのもまことにおそれ多い。明日香の真神の原に悠久の天の朝廷を尊くもお定めになり、今や神として岩戸に隠れておいでの天武天皇、くまなく国土を支配なさったわが大君が、お治めになる北の方、美濃の国の真木しげる不破山を越えて、高麗の剣の輪――和射見の原の行宮に神々しくもおでましになり、天下をお治めになって〔お従えになって〕、領国を平定なさるというので、鶏の鳴く東の国の軍衆をお召しになり、荒々しい人々をなごませ、服従しない国々を統治せよと〔従えよと〕、高市皇子に、日の御子としてご任命になったので、皇子はお体に太刀をつけられ、御手に弓をお持ちになり、軍衆を統率なされ、整える鼓の音は雷鳴かと思われるほど、吹き響かせる小角の音も〔笛の音は〕敵を見た虎が吼えるのかと人々がおびえるほどで〔聞いてまようまで〕、高く捧げた旗の靡くことは、冬もおわって春になるとあちこちの野につける野火の〔冬もおわって春野を焼く火の〕風と共に靡くように、兵士の手に取り持った弓の弭の動くことは、雪が降る冬の林に〔木綿に〕、引き放つ矢が激しく大雪の乱れるように飛んで来ると〔霰のようにそちらから来ると〕従わずに立ち向かって来た者どもは、たとえば露や霜が消えるのなら、そのすぐ消えてしまうように、飛び翔る鳥のように右往左往している時に〔朝霜でいえば、そのすぐ消えるというように生きのびようと争っている時に〕、皇子は、渡会の神の宮から吹く神風によって賊軍を吹き惑わせ、天雲を、太陽の光も見せぬまでに真っ暗にめぐらして、賊軍を平定なさって隅々まで統治なさるわが大君がこの実のり豊かな国に、神として君臨なさり、政治をお助けになったら、万年の後までこのようでこそあろうと〔このようであろうと〕思われるほど、木綿の花のように栄えている時だったのに、今、わが大君、御子の御殿を〔すこやかな竹のような御子の御殿を〕神の宮としてお飾り申し、お使いになった御殿の人々も、白布の麻の喪服をつけ、埴安の御殿の原に、茜色きざす日は一日中鹿のようにはらばい伏しつづけ、ぬばたまの黒々とした夜になると、御殿を遠く見ながら、鶉のようにはいまわってはお仕えすることだが、いつまでもお仕えすることもできないので、春鳥の声のようにあちこちと往き来していると嘆きもまだ新たに、お慕いする心も失っていないので、言葉も通わない百済の原を通って、神々しくも葬り申し上げ、麻の裳もよい紀伊—城上の宮を永遠の宮として高々とお造り申し上げて、皇子は神のまま鎮まりなさった。

しかしながら、わが大君が万年の後までもとお考えになって作られた香具山の宮は、幾年の後までも、なくなることなど考えられようか。大空を仰ぐように望み見つつ、玉の襷をかけるように心にかけてお慕いしよう。恐れ多いことではあるが。

「万葉百科」奈良県立万葉文化館ＨＰより
(https://manyo-hyakka.pref.nara.jp/db/detailLink?cls=db_manyo&pkey=199)

『万葉集』最大の長歌です。韓国語で読むと内容がこの訳とは異なります。韓国語では、三つの内容が一つの挽歌としてまとめられているのです。

一番目の文は「挂文 忌之伎鴨（一云 由遊志計礼抒母）言久母 綾尓畏伎 明日香乃 真神之原尓 久堅能 天都御門乎 懼母 定賜而 神佐扶跡 磐隠座 八隅知之 吾大王乃 所聞見為 背友乃國之 真木立 不破山越而 狛劔 和射見我原乃 行宮尓 安母理座而 天下 治賜（一云 掃賜而）食國乎 定賜等 鶏之鳴 吾妻乃國之 御軍士乎 喚賜而 千磐破 人乎和為跡 不奉仕 國乎治跡（一云 掃部等）皇子随任賜者 大御身尓 大刀取帯之 大御手尓 弓取持之 御軍士乎 安騰毛比賜 齊流 鼓之音者 雷之 聲登聞麻弖 吹響流 小角乃音母（一云 笛之音波）敵見有 虎可叨吼登 諸人之 恊流麻弖尓（一云 聞或麻弖）指擧有 幡之靡者 冬木成 春去来者 野毎 著而有火之（一云 冬木成 春野焼火乃）風之共 靡如久 取持流 弓波受乃驟 三雪落 冬乃林尓（一云 由布乃林）飃可毛 伊巻渡等 念麻弖 聞之恐久

（一云 諸人 見或麻弖尓）引放 箭之繁計久 大雪乃 乱而来礼（一云 霰成 曽知余里久礼婆）不奉仕立向之毛」。

高市皇子の死についてその状況と殺害した犯人、それに対する怒り、そして怨みをどんな方法をとってでも必ず晴らすという決意。即ち韓国で行われている、怨みを晴らす所願成就のための「解願結呪文」になっています。

二番目の文は「露霜之 消者消倍久 去鳥乃 相競端尓（一云 朝霜之 消者消言尓 打蟬等 安良蘇布波之尓）渡會乃 齊宮従 神風尓 伊吹或之 天雲乎 日之目毛不令見 常闇尓 覆賜而 定之 水穂之國乎 神随 太敷座而」。

ここで分かるのはこの当時文武、持統に反対した人は対馬を通じて「新羅送り」になったということ。もしくは国内の文武、持統の勢力圏の国の沖合で殺害されたということです。

三番目の文は「八隅知之 吾大王之 天下 申賜者 萬代尓 然之毛将有登（一云 如是毛安良無等）木綿花乃 榮時尓 吾大王 皇子之御門乎（一云 刺竹 皇子御門乎）神宮尓 装束奉而 遣使 御門之人毛 白妙乃 麻衣著 埴安乃 門之原尓 赤根刺 日之盡 鹿自物 伊波比伏管 烏玉能 暮尓至者 大殿乎 振放見乍 鶉成 伊波比廻 雖侍候 佐母良比不得者 春鳥之 佐麻欲比奴礼者 嘆毛 未過尓 憶毛 未不盡者 言左敝久 百濟之原従 神葬 々伊座而 朝毛吉 木上宮乎 常宮等 高之奉而 神随 安定座奴 雖然 吾

大王之 萬代跡 所念食而 作良志之 香来山之宮 萬代尓 過牟登念哉 天之如 振放見乍 玉手次 懸而将偲 恐有騰文」。

ここで分かるのが柿本人麻呂と藤原宮子の関係であり、二人はなぜ「契り」を結んだのか、という理由であり、「貊」の天皇（文武）の時代を終わらせ、「濊」の天皇（生まれるであろう聖武を指す）を戴こうという決意です。

ちなみに『万葉集』を韓国語で読むと天武は文武を「アゴ、息子」と言っています。伊勢志摩の英虞《あご》もこれに由来する地名だと思われます。伊勢志摩はこの時代、文武の強力な勢力圏だったのでしょう。

『万葉集』を韓国語で読み解くと、「柿本人麻呂と藤原宮子の契り」は高市皇子を殺害した文武、持統に対する人麻呂の壮絶な仕返しでもあり、また「濊」の天皇をたてようという決死の戦いでもあったのです。

ちなみに高市皇子も十市皇女と通じて人麻呂と同じことを考え、実行したことが『万葉集』を韓国語で読めば分かります。

十市皇女がどういう形であれ、亡くなった理由です。高市の十市に対する挽歌がこれを物語ります。

この長歌は三つの内容の歌が一つの挽歌としてまとめられています。

一番目の歌

〈韓国語による原文読み〉

『挂　文　忌　之伎鴨　言　久母綾　尓畏　岐　明　日　香乃　真神　之原尓　久
コルクルキ　ジキオリイプリクモアラニトウリョッキ　パルガナルカネ　マガミカボニ　ピサ
堅　能
カッタ　ヌン
天　都御門　乎　懼　母　定　賜而　神　佐扶跡磐　隠　座　八　隅　知　之
アメドミカドオ　ヅリョッモ　チョシミ　カムサプトイバカリジャイェソムアルジ
吾　大王　乃所聞
アゴ　テワン　ネソムン

見　為　背友　乃國　之　真木立　不　破山越　而　狛　劔　和　射　見　我　原
キョンダメペトンモネナラカ　マキリ　アニパメコジイ　コマチュルギファソアポルアガポル
之行宮尓
ネカグニ
安　母理座　而　天　下　治賜　食　國　乎定　賜　等　鶏之　鳴吾妻　乃國　之御　軍士
アンモリジャイ　アメアラチシムモクナラオチョシムヅルチカルメアジュマネナラカミックサ
乎喚賜而
ヲメシイ
千磐　破　人　乎　和　為跡　不　奉　仕國　乎治跡　皇　子隋　任　賜者　大御身
チパイヤブルビトホクアヲルナソドアニパッツシナラヲチド　ミッコタラマッキシジャオミシ
尓
ニ
大刀取　帯之　大御手尓弓　取　持之　御　軍士乎安騰　毛比賜　齊　流鼓　之音　者
オドトルテジ　オミテニユミトルジジ　ミックサヲアドウケピシ　ムチエルプッチウンジャ
雷　之
カミナリジ

聲　登　聞　麻弓吹響　流　小角　乃音　母（一云　笛　之音　波）敵　見　有
ソリノボリツッチマデチキョナガレソプリネオトモ（一云　ピリカルオドバ）チョッキョアラ
虎　可　叨吼登　諸　人　之　愶　流　麻弓尓　指擧　有　幡　之　靡者　冬　木成　春
トラカ　トフト　チエイン　カルヒョル　マテニ　チキョアラパダカ　ピジャトンボナリパル
去来者　野毎
カロモノノメ
著而有　火　之　風　之　共　靡如　久　取　持　流　弓　波　受　乃　驟三雪
ソイアラプルジ　カジェカ　キョウピニョク　コヅカジナガレファナミパダネ　チミヌン
落　冬　乃
オチトンネ
林　尓　飃　可毛　伊巻　渡等　念　麻弓　聞　之恐　久　引　放　箭　之繁
パヤシニ　フェオリカモ　イカンドヅルニョミマデ　ムンジカシク　ピキバ　チョンジポン
計　久
ゲェグ
大　雪乃　乱　而　来礼不　奉　仕　立向　之　毛
クゲソネ　ナンリイ　オレアニパッツシ　タヒャンカルモ』

〈ハングル表記〉

『걸 글짓기오리。이푸리구모。알아니두렵기 밝아날가네。마가미（지명）가보니 비사갔다능。아메도 미 가도오。두렵모。조심히감쌓아 붙어이박가리좌 예섬알지 아거대왕네소문 켠다메。벼（배）동모나라가 막히리 아니밤에꽂이이 그만 찌르기 화쏘아벌。아가벌네가구니 안말리자이 아메알아치심 목날아오 조심들 치갈메 아주마의나라 가 믿구싸워 메시이。치바야불 비토（不比等）혹 아얼（어울）나서도 아니받드시。날아워 치더 믿고따라 맡기시자 어미시니 오도 도울테지 어미테니 여미 도울지지 믿구싸워 아들께비심。죄를 푹 지운자 감（신）이나리지。소리높으리 듣지마대 지켜나가레 쇠불 내 어떻모 쫓겨알아。돌아가 더욱더 죄인 갈혀를맞대니。지켜알아받아가 비자。돔보나리 팔 가로（아라가야）모노노메（物部）서이。알아불지。가제가 기엉 비녀구 거둬가지나가레。화내미바닥내치미능。어찌 돔네 바야시니 회오리가모。이 강도들 숨지마대。문지가시거 비켜봐 천지번개거크게 서내。난리이。오레아니받드시。타향갈모』

〈本書における解釈〉

『（怨みを）掛ける文章である　話してしまおう　知っているので怖い　明らかにしよう　マガミに行ってみれば斬られたという　多分　天皇（高市）は逝かれたのだろう　畏れをなし気をつけて事件（戦い）を　覆い隠そうとしても　八島（日本）中知っている　アゴ大王（文武）の噂で持ちきりである　穂の国　豊の国に行き妨げられた　事もあろうに　晩に刺された　問答無用

に突き刺し　矢を放った　アゴの地に行くのに引き留めもしない　多分分かっていて打たせたのである　首が飛ぶよ　気をつけよ　歯軋りが出る　東《あずま》の国に行き信じて戦い　召し取られ　斬り殺された　不比等が仲裁に入っても受け入れない。すぐさま来て打たれても信じてついて任され　し「母」なので　来ても助けてくれるだろう　守りを助けてくれるだろう　信じて戦い　息子（文武か舎人皇子）に斬られた。罪にどっぷり浸かった者たち！　神罰が降るぞ！（怨みの）声高し！　耳を塞ぎ守ってみろ！　鉄の火を噴くぞ！　どうだ！　逃げ惑い　分かるだろう！　帰り、一層　罪人を断罪する「毒舌」で対峙するぞ！　守り分かり受けて行け！　祈れ！　トンボの（済州道・トンナの者　高市）旦那を売ったカロ（アラカヤ）モノノメ（物部）（そこに）立て！　暴露してやる！　行こう！　行って何が何でも呪ってやる！　怒りが心底込み上げてくる！　なぜ　トムネ（トンナの者　高市）斬り殺したのか？　つむじ風が行くだろう！　この強盗たち！　隠れるな！　ムンヂカシゴ（腐ったやつ）避けてみろ！　天地雷大きく轟く。修羅場である！　来てももう従わない！　他郷に行こう！』

読み方は幾通りもあるが、私はこう読みます。こう読んだ時、たくさんのことが明らかになりました。

柿本人麻呂も「明らかにしよう」と言っています。

一つ目は、高市皇子は三河国（穂の国、豊の国）で、文武もしくは舎人皇子によって斬り殺されたということ。またそれに持統が関連したということ。

二つ目は、柿本人麻呂は高市皇子（文面から、多分この時、高市は天皇だった）を殺した文武、舎人皇子を激しく罵り、復讐を誓ったということ。そして藤原宮子と関係を持ち、その後、宮殿を出て他郷に行ったということ（宮子との関係は三番目の文で分かります）。ちなみに他郷に行った時期は七〇〇年頃のことでしょう。理由は、彼の『万葉集』の最後の歌が文武四年（七〇〇年）に詠われた「明日香皇女挽歌・一九六番から一九八番」だということ、そして首皇子が生まれたのが七〇一年なので、その前に宮殿を後にしたであろうという推察から、この時期ではないかと思うのです。

三つ目は、この戦いは本質的に「貊」と「濊」の戦いであるということ。また、漢字の使い方から、「役小角」も濊であり、この時文武に「呪詛」をかけ、戦ったということ。そのため、この時に捕まり、島流しにされたのでしょう。ちなみに役小角は新羅に追放されたと思っています。

四つ目は、この時、カロ（アラカヤ）と物部は文武側についたということ。

五つ目は、この時「藤原不比等」は中立的な立場で、仲裁に入る可能性があったということ。

歌の最初の部分では、以上のことが分かるのです。

二番目の歌

〈韓国語による原文読み〉

『露霜　之　消　者　消　倍久　去鳥乃　相　競　端尓　渡　會乃　齊　宮　従　神
ツシマカルサラジルチアサラペグ　カセネ　ソロキョソニ　コンノカネ　ピドシクンタラカミ
風　尓
カジェニ
伊吹　或　之天　雲　乎　日之　目　不令　見　常　闇　尓　覆　賜而定之
イプルギウィシンカ　アマクルオ　ピカルモ　アニリョンギョ　サンスムニ　オプシイテジ
水　穂之
ムルホカル
國　乎　神　随　太　敷　座　而
ナラオ　カミタラプトシキジャイ』

〈ハングル表記〉

『쯔시마갈 사라질자 살아뵈구 가세네。서로껴 서니 건너가네。비도시군따라가미 가제니 이 불기 의심가。아마그르오 비갈모 아니령기오！ 상（모양） 숨으이 없시이테지。물어칼날아오。감히따라붙어시키좌이』

〈本書における解釈〉

『対馬行く（多分）死んでゆく者　生きて見るため　行ってみよう。お互いに（岸を）挟んで立つと　舟　渡りゆかん。斬り回るもの（殺し屋）も付いていく。（彼らが）行くので　この流れ（雰囲気）おかしい　多分（話が）違うだろう　斬り捨てるだろう　そうでしょうが！　正体を隠し　亡きものにするでしょう　噛みつき剣飛ぶだろう　恐れ多くも、ついてまわり（殺しを）やらせるのだろう』

以上の読み方で分かることは、この時期、文武、持統に反対する勢力、特に「濊」の反対分子たちは、対馬を通じて「新羅送り」になったということです。また、その途中で船の中で斬り殺されたり海に投げ込まれたりしたということです。

三番目の歌

〈韓国語による原文読み〉

『八　隅　知　之　吾　大王　之　天　下　申　賜者　萬　代尓　然　之毛　将　有
イェスミ　アルジ　アゴテワンジ　アマアレピョシジャ　ヨロテニ　ウンヘジケ　マジャアル
登
ノホリ
木綿　花　乃　榮時尓。吾　大王　皇子之御門　乎　神宮尓　装　束奉　而　遣　使　御
モメ　コジネ　ヨシニ。アゴテワンミコカミカドオ　カグニ　ムコソパッツイ　キョンサ　ミ
門　之
カドシ
人　毛白　妙　乃　麻　衣　著　埴　安之　門　之　原　尓　赤　根　刺　日　之
ピトケサラタエネ　アサコルン　チャシ　アネ　カドジ　ハラニ　パカプリジャナルカ
盡　鹿　自
タハゲシカジャ

物　伊波比伏　管　鳥　玉　能　暮尓至者　大　殿　乎　振　放
モノイバビセアルプムルクダ　カラスアルノウ　モミチジャ　オボ　トノオ　ウンジギョポア
見　乍
キョンサ
鶉　成　伊波比　廻　雖　侍候佐　母　良比不　得　者　春　鳥　之佐
メジュリ　イルルイバビ　トルリョ　シイジフジャオルラピブ　オッジャ　ポンジョカジャ
麻　欲比奴礼
アサヨビノレ
者　嘆　毛　未　過　尓　憶　毛　未　不盡　者
ジャハンスンシルケ　ヒツジ（ピトジ）チナイ　オッモ　ヒツジ（ピトジ）プジン　ジャ
言　左
イプリジャ
敝　久百　濟　之　原　従　神　葬　葬　伊座　而　朝　毛　吉　木　上　宮　乎
チャンクオンジェガ　ポルタラカムソ　ムッイジャイ　アサゲ　イェモクオルミヤコ　オン
常　宮　等
ジナミアト

高 之奉 而 神 随 安 定 座 奴 雖然 吾 大王 之 萬 代跡所念
オルジパッツイ カンズュイアサチョンジャノム シヨム アゴテワンカ ヨロテドトニョム
食 而
モッジ
作 良志之 香来山 之 宮 萬 代尓 過 牟登念 哉 天 之如 振 放
チャラシジ カクメ カ ミヤコ ヨロテニ チナムドヨミジェ アマチニョ プリパ
見 乍
キョムサ
玉 手 次 懸 而将 偲恐 有 曕文
クスルテ チャヒョニマジャ シゴ アラツム』

〈ハングル表記〉

『예섬알지 아거대왕의 아마 아래펴시자 열어대니 응해짓게 맞아 알넣어리。 목메꽂이네 여시니。 아거대왕믿고가 미（천왕高市）가도오。 가구니 묶어서 받드이。 겸사 미（천왕高市）가도시 비토（藤原不比等）께 살아다 예네。 앗아고름자식 아네。 가두지 하라니 박아뿌리자。 날칼 다하게 십갈자。 많히（먾어）이바비 새알품을구다。 가라 수알 넣어 못미치자 업어 또넣어 움직여봐겸사 메주리。 이룰 이바비돌려 쉬이치우자。 얼라피붙（피붙이）얻자。 번져가자。 앗아 여비노레자。한숨쉴께 피터지 지나이。언모。피터지 붙인자 이푸리좌 참구。언젠가 벌따라감소。묻히자이。앗아게 예。못올 미야꼬 언제나 미안터 오로지 받드이。감주이앗아점잖는놈 쉬염。아가대왕 가 열어대도 여미먹지。자라시지 가꾸메。가 미야꼬 열어대이 지나묻어여미재。아마 지녀뿌리봐 겸사 거슬데 자연이 맞아 쉬고 알아듣』

〈本書における解釈〉 ※直訳は激しい性表現もあり、意訳にしました

『八島（イェシマ　国中）は知っている。アゴ大王（文武）の夫人（藤原宮子）が自分の意志で（人麻呂と）契りを望み、私（人麻呂）も応じ、「皇子」誕生のため最後まで契ったことを。アゴ大王を信じ、ついて行き、御門（高市）は逝かれた。逝かれたので（ご遺体を）縛り（葬式を済ませ）、装い奉じよう。ついでに「御門崩じし」と　不比等に生きて会いし。（すでに）娘と契ったこと　知りし。（直訳―衣の紐・コルム奪った野郎知りし）

（最後の結果が出るまで）閉じ込めよう、そして（最後まで）契り通そう　力果てるまで契ろう（直訳―生の刀果てるまでホトを耕そう）　たくさんまぐわおう　カラス玉（加羅濊の種子）を抱くであろう。カラス玉注ぎ　結果が出なければ　抱き、また注ごう　動いて見ろ　その都度ムチを与えるぞ　成功するまぐわいをし、簡単に終わらせよう「皇子（血縁の子供）」を得よう代々栄えていこう　女妃の座も奪い取ろう。

一息つこう　出血（生理）は過ぎた（ない）授かった。妊娠させた者（生理をなくすようにし

た者）他言は無用　堪えなさい　いつかはこの罰を受けるだろう　葬られるだろう（殺されるだろう）。奪い取ろうぞ、濊の者たちよ　来られない宮子、いつもすまなく思っている　最後まで奉じて待ちます（最後まで面倒を見ます）。

「隠れながら契った、悪くない奴（自分―人麻呂）」休みます　アゴ大王が来ても守りとおしなさい（宮子の守りに会うでしょう）成長するでしょう　育てよう（文武天皇が）行き宮子と契ろうとも　時すでに遅し　宿し種子は守られるでしょう　多分時が流れて（濊の）根を見ることになるでしょう　時々つわりもあろうが　自然に生まれるでしょう（もう）休み　このことを肝に銘じておきなさい（分かっておきなさい）』

三番目の歌で分かることは次です。

一つ目は、宮子と人麻呂の件は、この当時上流階級を中心に噂が広がっていた。

二つ目は、文武・持統勢力が高市皇子（歌では天皇）を暗殺した。

三つ目は、間違いなしに宮子が人麻呂の子、濊の血統の子を身籠った。

四つ目は、不比等が文武の血筋を嫌い、これを黙認した。

五つ目は、人麻呂はこの後、宮殿を離れ他郷に行った（時期はすでに考察）。

以上のことが分かるのです。

柿本人麻呂の足取りについては、『万葉集』一三一番～一四〇番、二二三番～二二七番、二六四番～二八六番の計三八首を全部通して読めば、基本的な方向が分かるのです。この三八首については、全て読むつもりです。また、すでに読んでいる有間皇子関連六首、十市皇女関連五首、大津皇子関連一七首、草壁皇子関連五首、高市皇子関連四首、明日香皇女関連五首、持統三河巡幸関連六首の計四八首については次の機会に発表する予定です。これを時代順に読めば、『日本書紀』と違う全ての事件の真相が伝わってくるでしょう。

私はつくづく「万葉集は歴史の真実を歌った素晴らしい古代のコメント集」だと思わせられているのです。

了

『万葉集』に隠された真実

釈 正輪・崔 无碍
（崔 无碍 責任編集）

これから『万葉集』から抜粋した人麻呂関係の三八首について、テーマごとに三つに分けたうえで私なりに韓国語で読んでいくことにする。その際、韓国語では幾通りにも読める旨、予めお断りしておきたい。

なお、本稿では、先に釈正輪による従来の日本語による〈原文〉〈訓読〉〈現代語訳〉を挙げ、次に崔无碍による韓国語によるハングル表記、その日本語意訳を掲載する。ぜひ言語によって示される意味の違いに注目して読んでいただきたい。なお、本稿の文責は崔无碍にある。

第一章　一三一番から一四〇番

一三一番から一四〇番の一〇首は、柿本人麻呂を連れにきた人との会話形式（一三一番）を含めながら、生きる条件として「子供（首皇子）を諦め、不比等と仲直りして生きなさい。具体的には藤原三千代と組みなさい。さもなくば仲間と一緒に、対馬を経由して新羅に送るぞ」と脅迫する内容になっている。人麻呂は結局、この条件を飲めば息子の首皇子がしっかり立つということを信じ、最終的に承諾する（一三四番）。また、元明天皇は急に事を知ったので怒りを露わにしたということも分かる（一三七番）。構成的には一三一番から一三四番が一段落、一三五番から一三七番が一段落、一三八番から一三九番が一段落。そして一四〇番は依羅娘子《よさみのおとめ》（私の見立てでは、藤原三千代）の、柿本人麻呂に対する注意コメントとなっている。

第二巻　一三一番歌

作者　柿本人麻呂

題詞　柿本朝臣人麻呂従石見國別妻上来時歌二首［并短歌］
（柿本朝臣人麻呂が石見国から妻と別れて上京してくる時の歌）

〈原文〉

石見乃海　角乃浦廻乎　浦無等　人社見良目　滷無等［一云　礒無登］　人社見良目　能咲八師　浦者無友　縦畫屋師　滷者［一云　礒者］　無鞆　鯨魚取　海邊乎指而　和多豆乃　荒礒乃上尓　香青生　玉藻息津藻　朝羽振　風社依米　夕羽振流　浪社来縁　浪之共　彼縁此依　玉藻成　依宿之妹乎［一云　波之伎余思　妹之手本乎］　露霜乃　置而之来者　此道乃　八十隈毎　萬段　顧為騰　弥遠尓　里者放奴　益高尓　山毛越来奴　夏草之　念思奈要而　志〈怒〉布良武　妹之門将見　靡此山

〈訓読〉

石見の海　角の浦廻を　浦なしと　人こそ見らめ　潟なしと［一云　礒なしと］　人こそ見らめ　よしゑやし　浦はなくとも　よしゑやし　潟は［一云　礒は］　なくとも　鯨魚取り　海辺を指して　柔田津の　荒礒の上に　か青なる　玉藻沖つ藻　朝羽振る　風こそ寄せめ　夕羽振る　波こそ来寄れ　波のむた　か寄りかく寄り　玉藻なす　寄り寝し妹を［一云　はしきよし　妹が手本を］　露霜の　置きてし来れば　この道の　八十隈ごとに　万たび　かへり見すれど　いや遠に　里は離りぬ　いや高に　山も越え来ぬ　夏草の　思ひ萎へて　偲ふらむ　妹が門見む　靡けこの山

〈現代語訳〉

石見の海。角の浦辺りには落ち着ける港も、干拓や磯もないようだが鯨は捕れる。柔田津の荒磯の上には、青々とした沖藻が海岸に打ち寄せて、朝夕風が吹き、鳥が羽ばたくように波立つ。その玉藻のように寄り添い眠ったあなたを置いてきてしまった。歩きながら道の曲がり角ごとに幾度も振り返り、里から遠く離れて高い山を越えてきたが、今は気力も萎えてしまった。山よなびけ！　あなたの姿が見たくてたまらない。

〈韓国語による原文読み——実は会話形式になっている〉

『石　見乃！　海　角　乃　浦　廻　乎　浦　無等、人　社見　良目　滷　無等（一
トルポネ！　パダチノネ　ウラトラオ　ウラムド、ピトサギョラメ　シボ（ノ、ロ）ムド（一
云—礒　無等）
云—イバムド）
人　社見　良目　能　咲八　師　浦　物　無友　縦　畫屋師　滷　者　（一云
ピトサギョラメ　ヌンチパルゴヌル　ウラモンムドモ　タテガオゴヌルシボ（ノ）モン（一云
—礒　者　）
—イバモン）

無　鞆　鯨　魚取　海　邊乎　指　而　和　多豆　乃　荒　礒　乃上　尓　香青　生
ム　ドモ　クジラナジ　パダペオ　サシイ　アエタトゥネ　アライバネサンニ　カジョサラ
玉　藻息　津藻
コスルモイギマル
朝　羽　振風　社　依　米夕　羽　振流浪　社　来　縁　浪　之　共　彼
チョナルゲチパラム　ジャオルメソ　ナルゲチルラン　ジャオリヨン　ネミジ　キオンピ
縁此　依？
ヨジャイ？
玉　藻成　依　宿　之妹乎　（一云―波　之　伎余　思妹之　手本乎）
コスルモナリヨ　チュッチマロ』（一云―ネミカルキヨッサメカルテポオ）

露霜　乃置　而　之　来者　？　此　？　道　乃八十隈　毎　萬　段　顧　為　膽
ツシマネオグィ　ノ　カルコモン？　チャ？　キルネヤソモヅメ　ヨロタンゴウイヘド
弥　遠　尓　里者　放　奴
クチウヲイ　イジャポリノ
益　高尓　山毛？　越　来　奴　夏　草之　念　思奈　要　而志　怒　布良武
マッソコニ　サゲ？　ノモオンナ　ナチセガ　ヨミサナ　カナメイジ　ノ　ペラム

妹之門　将　見　靡　此　山
メジムン　マジャキョ　オル　グイサム』

〈ハングル表記〉

『「돌보네！　바닥치 너네 얼라도라오 얼라묻어、비토사겨라메 씹어（넣어）묻어（一云―이박묻어）비토사겨라메」「눈치팔거늘 얼라 못묻어모 다되가 오거늘 씹어못（이박못）묻어」「꾸지람나지 받아뵈워 사시이 아예다투네 알아이박내쌓니 가죠 살아 거슬머　이기지말우 쳐 날개치봐람」「자 얼메서 날개칠랑？　자 오렴 내미지」「기엉 비여자이？　거슬머나리요죽지말오」（一云「내미칼 끼였사메 칼 대보오」）「쯔시마네 어귀 너 갈거멍？　차？　길네 야소 모듬메 여러탄거위해도 끝이워이、이자 버리노？　맞서거니 사게？　넘어온나！　낮이세가여미사나 가나 메이지 너 베람 맺으면 껴 얽으이 삼」』

〈日本語意訳〉

『「面倒見よう！　どん底のお前の息子をください。子供を諦めなさい　噛んで呑み込みなさい（話をするではない）不比等と仲直りしなさい」「人目もあるのに　子供を諦められない。全て終わってから来たのに呑み込めない（話をしないわけにはいかない）」「（不比等は）腹を立てるでしょう。受け入れ　会って　生きなさい。どうしても戦うのか。分かってそんなことを言うのか。

行こう　生きなさい　反抗者の旦那　勝つと思うな。負けて（鳥のように）羽ばたいてごらん」「さあ　いくらで　羽ばたき出《い》でるのか？　さあ　かかってこい」「どうしても斬られたいのか？反抗者の旦那、死んではいけない」（一云「刺し刀差しているのだろう。刀を抜いてみろ」）「対馬の沖に　お前は行くのか？　蹴るのか？　吉氏ヤソの者を集め　大勢乗った者のためにも（反抗は）終わりなさい。この者たちを捨てるのか？　抵抗すれば生きられると思うのか？（こちら側に）超えてきなさい。自尊心も強く守りもきついので（お前は）行くと縛られる。お前を斬るだろう。結べば　抱き　縛れながらも生きるだろう』

第二巻　一三二番歌

作者　柿本人麻呂

題詞　（柿本朝臣人麻呂従石見國別妻上来時歌二首［并短歌］）反歌二首

〈原文〉

石見乃也　高角山之　木際従　我振袖乎　妹見都良武香

〈訓読〉
石見のや高角山の木の間より我が振る袖を妹見つらむか

〈現代語訳〉
石見の高角山で、木の間から袖を懸命に振る。あなたは気づいているだろうか。

〈韓国語による原文読み〉
『石　見乃！　也　高　角　山　之　木際　？　従　我振　袖　乎　妹　見都良武香
トルポネ！　ナリタカ　チノメ　カルキジェ？　チョガプリソデオ　マルミトラムカ』

〈ハングル表記〉
『돌보네！　나리 다같이 넘해 갈끼제？　쳐가뿌리서대오 말미 돌아무까』

〈日本語意訳〉
『面倒見よう！　旦那　一緒に　越えよう　行くだろう？　負けて（全てうまくいき）根が張るだろう　だから（立場を）変えよう』

第二巻　一三三番歌

作者　柿本人麻呂

題詞　（柿本朝臣人麻呂従石見國別妻上来時歌二首［并短歌］）反歌二首

〈原文〉

小竹之葉者 三山毛清尓 乱友 吾者妹思 別来礼婆

〈訓読〉

笹の葉はみ山もさやにさやげども我れは妹思ふ別れ来ぬれば

〈現代語訳〉

笹の葉がざわざわと揺れ騒ぐように、里で別れたあなたのことがいとしくて心が落ち着かない。

〈韓国語による原文読み〉

『小竹　之葉　者　三　山毛　清　尓？　乱　友　吾　者　妹思　別　来礼婆

オジュッシプリジャ　サムメド　チョンニ？　ナンリウ　ナ　モンメシ　パケオレバ』

〈ハングル表記〉

『오죽 씨부리자 쌈메도 졌니? 난리우 나 못매시 밖에오레 봐』

〈日本語意訳〉

『どれほどぺちゃぺちゃと無駄口を叩き 喧嘩にも負けるのか? 難儀である。私は面倒を見れない。外に来なさい 会おう』

第二巻 一三四番歌

作者 柿本人麻呂

題詞 (柿本朝臣人麻呂従石見國別妻上来時歌二首 [并短歌]) 或本反歌曰

〈原文〉

石見尓有 高角山乃 木間従文 吾袂振乎 妹見監鴨

〈訓読〉

石見なる高角山の木の間ゆも我が袖振るを妹見けむかも

〈現代語訳〉

もう石見の高角山に来てしまった。木の間から思わず袖を懸命に振る。もしかしたら、あなたが気づいてくれるかも知れないと思って。

〈韓国語による原文読み〉

『石 見 尓有 高 角 山 乃木間 従 文 吾 袂 振 乎 妹 見 監 ！ 鴨
イバキョニアラタカチノメ ネキマ タルムン アゴソデプリオ マルミ カム！ カモ』

〈ハングル表記〉

『이박 켜니 알아 다같이 넘해 내 끼마 따르문 아거 서대 뿌리오！ 말미 감！ 가머』

〈日本語意訳〉

『話をしたので分かった。一緒に越えよう。私は組む ついて行けば 子供が 立つ 根っこである！ しかして 行く！ 行きます』

第二巻　一三五番歌

作者　柿本人麻呂

題詞　（柿本朝臣人麻呂従石見國別妻上来時歌二首［并短歌］）

〈原文〉

角〈障〉經 石見之海乃 言佐敝久 辛乃埼有 伊久里尓曽 深海松生流 荒礒尓曽 玉藻者生流 玉藻成 靡寐之兒乎 深海松乃 深目手思騰 左宿夜者 幾毛不有 延都多乃 別之来者 肝向 心乎痛 念乍 顧為騰 大舟之 渡乃山之 黄葉乃 散之乱尓 妹袖 清尓毛不見 嬬隠有 屋上乃［一云 室上山］山乃 自雲間 渡相月乃 雖惜 隠比来者 天傳 入日刺奴礼 大夫跡 念有吾毛 敷妙乃 衣袖者 通而〈沾〉奴

〈訓読〉

つのさはふ 石見の海の 言さへく 唐の崎なる 海石にぞ 深海松生ふる 荒礒にぞ 玉藻は生ふる 玉藻なす 靡き寝し子を 深海松の 深めて思へど さ寝し夜は 幾だもあらず 延ふ蔦の 別れし来れば 肝向ふ 心を痛み 思ひつつ かへり見すれど 大船の 渡の山の 黄葉の 散りの乱ひに 妹が袖 さやにも見えず 妻ごもる 屋上の［一云 室上山］山の 雲間より 渡らふ月の 惜しけども 隠らひ来れば 天伝ふ 入日さしぬれ 大夫と 思へる我れも 敷栲の 衣の袖は 通りて濡れ

〈現代語訳〉

石見の海の辛崎に深く沈む岩石に、松が生えている。その荒磯に玉藻が生い茂ってなびくように寄り添ってあなたと寝た。それなのに、深海に生える深海松のように深く思って寝た夜はいくらもなく、蔦が二手に分かれていくように別れてしまった。その悲しみに堪えられず、あなたの里を振り返って眺めるが、渡の山の紅葉が散り乱れ、あなたが振る袖も隠れて見ることができない。山の雲間を渡っていく月が隠れるように名残惜しい。入日が迫り、強い男だと思っていたこの私の袖も、もはや悲しみで濡れている。

〈韓国語による原文読み〉

『角　障　経　！　石　見之　海　乃　言佐　敝久　辛　乃埼　有　伊　久　里　尓

チノッジャブル！　トルポジ　パダ　ノ　イジャペグ　カラネサキアライ　ピサジャドニ

曽　　深海松

イルチックキミソナム

生　流　荒　礒　尓曽　？　玉　藻　者　生　流　玉　藻成　靡　寐之兒乎　深見

サラナガレアライバギカッテ？　コスルモ　モンサラナガレコスルモナリオッメイアオ　キミ

松　乃

ソナムネ

深　目手思謄　左　宿　夜　者　幾毛不　有　？　延　都多之　別　之来者　肝
フカメテサド　ウェンチュギョモ　キゲアニアラ？　エントタジ　パッケカゴモン　マウム
向　心乎痛
ムカシモイダイ
念　乍顧為　謄大　舟之　渡　乃山之黄葉乃　散之乱　尓　妹袖　清　尓毛　妻
ヨミサゴナスドオボペカルワタリノサガキプネ　サガナンリニ　メシュウプルイド　ツマ
隠　有　屋上　乃
カクレアラオサンネ
山乃　自　雲間　渡相　月乃　雖　惜　隠　比来者天　傳　入日刺　奴礼大　夫跡念
サノ　チャウガントサンダネ　シイセキカクレピオモチョンヂョンイビチャノレオ　プドヨミ
有　吾　毛
アラアレド
敷　妙　乃　衣　袖　者　通　而沾　奴
シクダエネ　エ　ソデモントウニチョンナ』

〈ハングル表記〉

『치녕자불（가꾸자불）！ 돌보지 받아 너 이좌뵈구 가라네새끼 알아이 비사자더니 일찍 기미

서나무 살아나가레 알아 이박이 같해? 거슬머 못살아나가레 거슬모나리 얽매이아오 기미서나무네 혹하메 되사도 왠죽여모 기게아니알아? 왠 토따지 밖에 가거멍 마음묶아 심어이다이 여미사고나서도 어버베칼와다리 너사가 기쁘네 사가 난리니 (不比等는) 메슈 부르이도 아니봐 쯔마 (県犬養三千代) 가꾸리알아오 쌓네 (一云―시쌓메) 사노 좌우간 또산다네 쉬이새끼가꾸레비오모 점점입이자노레오 부 (不比等) 도여미알아 아레도 식구다예네 애 서대멍 더 니 좋나?』

〈日本語意訳〉

『(仲間に) 入れてしまおう! 面倒を見る、受け入れよう。お前とようやく会えた 加羅の野郎分かりなさい。斬ろうと思ったが 早々 察しが付いただろう。生きて出なさい。分かって同じ口を叩くのか? 反抗者は生きていけない、反抗者の旦那は縛られることを覚悟しなさい。察しが付いたようだ、もし生き延びてもなぜ死ぬのか。察しがつかないか? なぜ一々反抗するのか。外に出たら (無駄口を叩かないように) 心を縛り置かなければならない。疑われる事故が起きたら父 (不比等) の斬り刀を受けるだろう。貴方が生きて嬉しい。(不比等は) 生きていては難儀なので召し上げても面倒を見ない。県犬養三千代が面倒を見るので分かりなさい (一云―分かりなさいませ)。取り敢えず受け容れて暮らすようだ、ゆっくりと子供を育てる。願わくは無駄口は立てぬようにしなさい。不比等も守るだろう、首皇子は (我々の) 家族である。この子が立てばもっとお前 (柿本人麻呂) は良いだろう?』

第二巻　一三六番歌

作者　柿本人麻呂

題詞　（柿本朝臣人麻呂従石見國別妻上来時歌二首［并短歌］）反歌二首

〈原文〉

青駒之 足掻乎速 雲居曽 妹之當乎 過而来計類 ［一云 當者隠来計留］

〈訓読〉

青駒が足掻きを速み雲居にぞ妹があたりを過ぎて来にける ［一云 あたりは隠り来にける］

〈現代語訳〉

馬が足を速めてやってきた。あの遠い雲の彼方から、あなたの里を過ぎて。

〈韓国語による原文読み〉

『青 駒 之 足 掻 速雲 居曽 妹 之當乎 過 而来 計 類 (一云―當者

プルグ カルタリクルゴソグンゴジュイモトジマジョチナイオルケルリュウ (一云―マジャ

隠 来 計留)

スモオルケリュウ)』

〈ハングル表記〉

『부르구 갈 다리긁어 속은거주 이모터지맞어 지나이올게류 (一云―맞아 숨어올게류)』

〈日本語意訳〉

『呼んでおいて 行く足を引っ掻く。騙されたんだろう イモの怒り受ける 済んで来るものを

(一云―受ける 隠れてくるものを)』

第二巻 一三七番歌

作者 柿本人麻呂

題詞 (柿本朝臣人麻呂従石見國別妻上来時歌二首 [并短歌]) 反歌二首

〈原文〉
秋山尓 落黄葉 須臾者 勿散乱曽 妹之〈當〉将見［一云 知里勿乱曽］

〈訓読〉
秋山に落つる黄葉しましくはな散り乱ひそ妹があたり見む［一云 散りな乱ひそ］

〈現代語訳〉
秋山の紅葉よ。散り乱れて隠さないで、あなたのいる里を眺めたいから。

〈韓国語による原文読み〉
『秋　山尓　落　黄葉　須　臾　者　勿　散乱　曽　妹　之　當　将
アギメニ　オチモッミチシュ　ヨイジャ　カプチャギ　サナンリジュウイモトジ　タ　マジャ
見（一云—知里勿　乱　曽　）
パ（一云—アラカプチャギナンリジュ）』

〈ハングル表記〉
『아기메니 어찌 못미치슈 여위자 갑짜기 사 난리쥬 이모터지 다 맞아봐（一云—알자 갑짜기 난리주)』

〈日本語意訳〉

『子供の女じゃあるまいしなぜ考えが足りぬ。亡くなったものが　急に生き返り御乱行じゃ。イモの怒り　全て受けてみろ（一云―分かり急に御乱行じゃ）』

第二巻　一三八番歌

作者　柿本人麻呂

題詞　（柿本朝臣人麻呂従石見國別妻上来時歌二首〔并短歌〕）或本歌一首〔并短歌〕

〈原文〉

石見之海　津乃浦乎無美　浦無跡　人社見良米　滷無跡　人社見良目　吉咲八師　浦者雖無　縦恵夜思　潟者雖無　勇魚取　海邊乎指而　柔田津乃　荒礒之上尓　蚊青生　玉藻息都藻　明来者　浪己曽来依　夕去者　風己曽来依　浪之共　彼依此依　玉藻成　靡吾宿之　敷妙之　妹之手本乎　露霜乃　置而之来者　此道之　八十隈毎　萬段　顧雖為　弥遠尓　里放来奴　益高尓　山毛超来奴　早敷屋師　吾嬬乃兒我　夏草乃　思志萎而　将嘆　角里将見　靡此山

〈訓読〉
石見の海 津の浦をなみ 浦なしと 人こそ見らめ 潟なしと 人こそ見らめ よしゑやし 浦はなくとも よしゑやし 潟はなくとも 鯨魚取り 海辺を指して 柔田津の 荒礒の上に か青なる 玉藻沖つ藻 明け来れば 波こそ来寄れ 夕されば 風こそ来寄れ 波のむた か寄りかく寄り 玉藻なす 靡き我が寝し 敷栲の 妹が手本を 露霜の 置きてし来れば この道の 八十隈ごとに 万たび かへり見すれど いや遠に 里離り来ぬ いや高に 山も越え来ぬ はしきやし 我が妻の子が 夏草の 思ひ萎えて 嘆くらむ 角の里見む 靡けこの山

〈現代語訳〉

石見の海。角の浦辺りには落ち着ける港も、干拓もないようだが鯨は捕れる。柔田津の荒磯の上には青々とした沖藻が海岸に打ち寄せる。

朝夕風が吹き、鳥が羽ばたくように波立つ。その玉藻のように寄り添い共寝した妻の白い手元を離れて、道の曲がり角ごとに幾度も振り返り、里から遠く離れて高い山も超えてきた。あなたは今頃、気も萎えてしまっているだろう。山よ傍へなびけ！　あなたのいる里が見たくてたまらない。

〈韓国語による原文読み〉

『石　見之　海　津乃浦　乎無　美　浦　無　跡　人　社見　良米　滷　無　跡　人
トルポジ　パダッチネウラゴオプスミ　ウラオプサド　ピトサギョラメ　シボオプサド　ピト
社見　良目
サギョラメ
吉　咲　八　師　浦　者　雖無　縦　恵　夜思滷　者　雖無　勇魚　取海　邊乎
イェサキパルゴヌルウラジャシオプスムタテメグヤサロ　ジャシオプスムヨギョチウミペヲ
指　而
サシジ
柔　田津乃　荒　礒之上　尓?　蚊青　生　?　玉　藻息　都藻　明　来者　浪己曽　来
ニギタチネ　アライジサンニ?　カプルサラ?　コスルモイキタモ　パッコジャネミコジュオ
依　夕　去　者
イ　セキサルジャ
風　己曽　来依　浪　之　共　彼依　此　依　玉　藻成　靡　吾　宿　之　敷
パラムコジュオイ　ネミカルキヨンピヨリチャヨリ　コスルモナリ　ビ　アゴチュッチ　シキ
妙　之妹　之
ミョカマルカ

手本乎　露霜　乃置　而之　来者　？　此　？　道　之八十隈　毎　萬　段　顧雖　為　弥
テポオ　ツシモネオギニカルコモン？　チャ？　キルシヤソモヅメ　ヨロタンゴシイタメクチ
遠乎　里　放　来
ヲイ　ジャトパオナ
益　高乎山毛　超　来　奴　早　敷　屋師　吾嬬　乃　兒我　夏　草乃　思志萎
イッコオサゲ　ノモオンナ　ハヤシキオゴヌル　アジュマネ　ニワガ　ナチュセネ　サシイ
而将
ニマジャ
嘆　角　里　将　見　靡此山
ナゲク　チノッジャドマジャポルピイネ』

〈ハングル表記〉

『돌보지！ 바닥치네 얼라거없음이。 얼라없아도 비토사겨라메。 씹어없아도 비토사겨라메。 예(길) 새끼 팔거늘 얼라자식없음。 다되 맥으야살오。 자식없음여겨。 치우미 배워사시지 닉이 다치네 알아 이짓쌓니？ 다치네 알아 이짓쌓니？ 까부루 살아？ 거슬머이긴다머？ 받거자내미거쥬 오이 새끼살자。 바람거쥬 오이 내미칼 기엉 비오리차오리 거슬머나리 비 아거죽지。 시키묘까말까 대보오 쯔시마네 어귀 나갈거멍？ 차？ 길씨예소 모두메 여러탄것 쉬이디메 끝이

워이 찾더봐오나 잊거오사게 넘어온나? 바야시키오거늘 쯔마네（藤原三千代）나와가 낮추세네 사시이 니맞아 나게끄（것）차넣자더 맞아볼 비위메』

〈日本語意訳〉

『面倒見よう！　どん底のもの　子供はいないことに。子供がいなくてもピト（藤原不比等）と付き合いなさい。噛み砕き飲み込んでもピト（不比等）と付き合いなさい。吉（濊）の子を売ったのにもう息子はいない。全てのことを飲みこんでこそ　生きられる　息子はいなかったことにして　終わろう、学んで生きなさい。顔見知りと言えば怪我をする、分かってこのようなことをするのか？　ふざけて生きているのか？　反抗するものが　勝てると思うのか？（息子を）もらい受けようと押しかければ（殺し屋が）来る。子供を生かそう！（殺し屋は）風のように来る。刃をつきつけ、必ず斬る、打つ。反抗者を斬り、子供は死ぬ。刃をつきつけどうしても斬るのか？　やめようか？　答えてみなさい　対馬の沖にお前は行く気か？　蹴るのか？　吉氏八十を集め、大勢乗った者は殺されるんだろう　終わりなさい。（首皇子を）尋ねて会おうと忘れなさい　生きなさい。こちら側に来なさい。斬ろうと思って来たのに　アジュマ（橘三千代）があなたを迎え態度が軟化した。生きなさい、自分の者にしようと　迎え入れる気のようだ』

第二巻　一三九番歌
作者　柿本人麻呂
題詞　（柿本朝臣人麻呂従石見國別妻上来時歌二首〔并短歌〕）或本歌一首〔并短歌〕反歌一首

〈原文〉
石見之海 打歌山乃 木際従 吾振袖乎 妹将見香

〈訓読〉
石見の海打歌の山の木の間より我が振る袖を妹見つらむか

〈現代語訳〉
石見の海の打歌山。木の間から、思わずあなたに向けて袖を懸命に振る。
あなたは気づいているだろうか。

〈韓国語による原文読み〉
『石　見之！　海　打　歌　山乃　木際　縦　吾　振　袖　乎　妹　将　見　香
トルポジ！　パダッチ　ノレサネ　キジェタテアゴプリソデオ　イモマジャポルカ』

〈ハングル表記〉

『돌보지!　바닥치 너레 사네 끼제 다되 아거뿌리 서대오。이모맞아볼까』

〈日本語意訳〉

『面倒を見よう！　どん底の者　お前は生きる。組もう。（さすれば）全てうまくいき　子供（首皇子）の根幹が　立つだろう。イモを迎えてみようか』

第二巻　一四〇番歌

作者　柿本人麻呂

題詞　柿本朝臣人麻呂妻依羅娘子与人麻呂相別歌一首

（柿本人麻呂の妻、依羅娘子が人麻呂と別れる時の歌一首）

〈原文〉

勿念跡 君者雖言 相時 何時跡知而加 吾不戀有牟

〈訓読〉

な思ひと君は言へども逢はむ時いつと知りてか我が恋ひずあらむ

〈現代語訳〉

そんなに思い悩むなとあなたはおっしゃるけれど、いつ逢えるか分からないのに恋わずにいられましょうか。

〈韓国語による原文読み〉
『勿 念 ? 跡 君 者 ? 雖 言 相 時何時跡 知 而加 吾 不 戀 有 牟
ムルヨミ? ト クムシャ? シイイプリアイジカシド アライカ アレアニコビアルム』

〈ハングル表記〉

『뭘 여미? 또 금샤? 쉬이이프리 아이지 하셔도 알아이까 아래 아니곱게 알라무』


〈日本語意訳〉

『何を守るのか? また ひび割れるぞ? 簡単に言うが子供だと言っても分かるものか。子供は(首皇子)貴方を 良くは見ていないだろう』

第二章　二二三番から二二七番

二二三番から二二七番の五首は二重読みの手法で、死んだとも死ななかったとも読める内容（二二三番）から始まり、二二四番、二二五番で依羅娘子が「死体の取り替え判れど他言無用」と詠っている。丹比真人《たじひのまひと》も、藤原不比等、特に不比等の妻である県犬養三千代に頼りなさいというコメントをしている（二二六番）。二二七番は作者不明、古い本には、この順に載せてあるということだが、私見では柿本人麻呂本人のコメントではないかと思っている。「双子の元明とヒビが入る」というコメントである。

第二巻　二二三番歌

作者　柿本人麻呂

題詞　柿本朝臣人麻呂在石見國臨死時自傷作歌一首

（柿本人麻呂が石見国にいて死期が近づいた時に自ら悲しんで作った歌）

〈原文〉
鴨山之 磐根之巻有 吾乎鴨 不知等妹之 待乍将有

〈訓読〉
鴨山の岩根しまける我れをかも知らにと妹が待ちつつあるらむ

〈現代語訳〉
鴨山の岩の下で一人死にゆく私を、あなたは知らされることもなく、焦がれ待ち続けるのであろうか。

〈韓国語による原文読み〉
『鴨　山之　磐　根　之　巻　有　吾　乎　鴨　不知等妹　之待乍将　有
カモメジ　パウイプリジ　マルアラアレオ　カモ　プジトメ　チデサマジャアラ』李寧熙
『アプサジ　イバクネ　ジ　マルユ　アゴオ　カモ　プジトメ　チデサマジャアラ』筆者

〈ハングル表記―表読み、裏読みの順に表記する〉
『가모메지 바위부리지 말알아 아뢰오 가모 부지도메 지대사맞아알아』리영희

『앞사지 이박내지말유 아거 오가머 부지도매 지대사맞아알아?』

〈日本語意訳〉

『死ねというのか。死のう。首を絞められて死のう。（行けというのか。行こう。縛られよう）しかし、頼む。どうか斬り殺さないでくれ。頼んだ後、行くことにしよう。藤原不比等が心変わりしたので、頼りにしてはじめて全てが分かった』李寧煕

『先導しなさい　他言するでない　息子が来て行った　不比等が心変わりをした　頼りにしてはじめて全てが分かった』筆者

第二巻　二二四番歌

作者　妻依羅娘子

題詞　柿本朝臣人麻呂死時妻依羅娘子作歌二首

（柿本人麻呂が死んだ時に妻の依羅娘子が作った歌二首）

〈原文〉

〈且〉今日々々　吾待君者　石水之　貝尓［一云 谷尓］交而　有登不言八方

〈訓読〉

今日今日と我が待つ君は石川の峡に［一云 谷に］交りてありといはずやも

〈現代語訳〉

今日こそあなたが帰ってくると思い、それだけを生きる希望にしておりました。
それなのに、石川渓谷の岩に挟まれ、露と消えてしまわれたなんて。

〈韓国語による原文読み〉

『且　今日々　々々　吾待君　者　石　水　之貝　尓　交　而有　登　不言　八方
アシゲプアシゲプ　ナデキムシャ　イバミ　カベ　ニ　ソカテイシ　ド　アニコヅ　エモ』
李寧煕

『**ト　ゲプト　ゲプ**　ナデキムシャ　イバミ　**カタニ**《（谷尓）》　ソカテイシ　ド　アニコヅ　エモ』
李寧煕

『**ソ　ギョウトキョウ**　ナデキムシャ　**トル**ミ　カベ　ニ　**パク　イアラ**ド　アニ**イプリ**エモ』
筆者（※二五ページ参照）

〈ハングル表記—表読み、裏読みあり〉

『아시게푸아시게푸 나대김샤 이바미 가뵈니 섞아대이쉬두 아니거두예모』리영희

『또게프또게프 나대김샤 이바미가 다니니 섞아대이쉬두 아니거두예모』리영희

『속여우! 더켜우! 나대김자 돌미 가뵈니 바꾸이 알아도 아니이푸리예모』

〈日本語意訳〉

『水際に行って探してみよう、行ってみよう。毎日のようにあちこちと歩き廻り続け　水際をずっと見続け、行ってみたところ　或る死体に出逢ったが、すっかり腐敗していた。誰の死体かも分からないので、そのままにして行く』李寧熙

『また行って探してみよう、また行ってみよう。毎日のようにあちこちと歩き廻り続け　水際をずっと見続け　行き来していたところ　或る死体に出逢ったが、すっかり腐敗していた。誰の死体かも分からないので、そのままにして行く』李寧熙

『騙されるぞ　もっと明らかにしよう　出しゃばり者（橘三千代）トルミ（渦海、鳴門）に行ってみれば「（死体の）取り換え　判れど　他言無用ぞ」』筆者

第二巻　二二五番歌

作者　妻依羅娘子

題詞（柿本朝臣人麻呂死時妻依羅娘子作歌二首）

〈原文〉

直相者 相不勝 石川尓 雲立渡礼 見乍将偲

〈訓読〉

直の逢ひは逢ひかつましじ石川に雲立ち渡れ見つつ偲はむ

〈現代語訳〉

もう、いとしい顔を見ることもできないのですね。あなたの消えた石川に立ち昇る雲に、面影を重ねて偲びましょう。

〈韓国語による原文読み〉

『直　相　者　相　不　勝　石　川　尓　雲　立　渡　礼　見　乍将　偲
チグ　アビジャアビアニカッチ　イバカバニ　クモタッチュウパダレ　ミ　サマジャシ』李寧熙

『コドルアビジャアビアニショウ　トラカバニ　クルイ　パダレ　キョンサマジャシ』筆者

〈ハングル表記―表読み、裏読みあり〉

『지구（죽은）아비자 아비아니같지 이바가봐니 구머닿추바다레 뭐사맞아시』리영희

『거들아비자 아비아니쇼 돌아가봐니 구르이 받아례 겸사（뭐사）맞아시』

〈日本語意訳〉

『水刑死にされたあの人が　かつての夫の姿のままであるはずがない。もしかしたらあの屍体は夫だったのかも。考え直してまた行ってみたら　海水に押し洗われ、狛人たちが到来する海に押されて、より一層腐敗していた』李寧熙

『貰い受けるあの人は　夫ではない。回って見ると違う。貰い受けなさいと言う。（行った）ついでに（屍体を）迎えた』筆者

第二巻　二二六番歌

作者　作者不詳

題詞　丹比真人［名闕］擬柿本朝臣人麻呂之意報歌一首

（丹比真人が人麻呂の心中をおしはかって代わって答えた歌一首）

〈原文〉

荒浪尓　縁来玉乎　枕尓置　吾此間有跡　誰将告

〈訓読〉

荒波に寄り来る玉を枕に置き我れここにありと誰れか告げなむ

〈現代語訳〉

荒波に寄り来る美しい石を、枕元に置いて横たわる。私はここにいるとあなたに告げてくれる人は、一体何処にいるというのだろう。

〈韓国語による原文読み〉

『荒 浪 尓 縁 来玉 乎 枕 尓 置 吾 此 間 有 跡誰 将 告

アラナミニ プジゴコスロ ピゲ ニッツトウアレチャガンアラ トヌイマジャチュッケ』李寧熙

『アラナミニ プチコオッコ マグライ ジ アレチャマ アラ トヌガマジャチュゲ』筆者

〈ハングル表記〉

『아라나미니 부지거거슬어 비게닏두 아레차간아라 또 뉘맞아죽게』리영희

『아라나미니 붙이거 얻고 막으라이지 아레（人麻呂）참아 알아 또 누가맞아주게』

〈日本語意訳〉

『「下伽耶―アラガヤ」（「金官伽耶」を指す）の勢力が滔々と押し寄せてきたので「藤の子」（藤原鎌足の子不比等）が寝返った。刺し刀を懐に入れて「アレ」（「猨」・人麻呂を指す）を捕らえて行った。「下人」（「アラガヤの一味を指す」）よ。この次は一体誰をまた殺すのだろうか』李寧熙

『アラガヤの勢力が滔々と押し寄せてきたので「藤の子（藤原三千代―不比等も含む）」を頂き身を守りなさい。アレよ（人麻呂よ） 堪えなさい 判りなさい 他に（また）誰が迎えてく

れるか』筆者

第二巻　二二七番歌

作者　作者不詳

題詞　或本歌曰

（或る本にいう、古い本にはこの順に載せている）

〈原文〉

天離　夷之荒野尓　君乎置而　念乍有者　生刀毛無

〈訓読〉

天離る鄙の荒野に君を置きて思ひつつあれば生けるともなし

〈現代語訳〉

都から遠く離れた荒野で、一人横たわるあなたのことを思うと、私は生きてはおれません。

〈韓国語による原文読み〉

『天　離　夷　之　荒　野尓　君　乎置而　念　乍　有　者　生刀毛無

アマトナイ　カル　アラノニ　クムオチイ　ヨミナガレアルノムナガゲム』

〈ハングル表記〉

『아마떠나이 갈 아라노니 금 어찌이 여미나가레알놈 나가게무』

〈日本語意訳〉

『多分　離れたことを　カルは（双子―元明）知っている。ひびをどうする。防御に出よう。

（全てを）分かる者　出て行こう！』

第三章　二六四番から二八六番

二六四番から二八六番の二三首は、柿本人麻呂の生還劇について立場が違う九名のコメントが集まっている。

二六四番、二六六番は柿本人麻呂本人のコメント、私は多分二八〇番も人麻呂本人のコメントだと思っている。

九名の名前は、長忌寸《ながのいみき》奥麻呂《おきまろ》、志貴皇子《しきみこ》、長屋王《ながやおう》、阿倍女郎《あへのいらつめ》、高市連黒人《たけちのむらじくろひと》、高市連黒人の妻、石川《いしかわの》少郎《しょうろう》―（石川朝臣君子）、春日蔵首老《かすがのくらびとおゆ》、丹比真人笠麻呂《たぢひのまひとかさまろ》の面々である。

この二三首を読むと、柿本人麻呂は崖っぷちに住んでいたこと、物部、新羅は味方ではないこと、一貫して藤原不比等、県犬養三千代について行きなさいと皆が勧めているということ、三千代が元明天皇に掛け合って、最終的に人麻呂を身内に組み入れたということが分かるのである。

ちなみにこのことが『日本書紀』では、七〇八年（和銅元年）に元明天皇より県犬養三千代が橘《たちばなの》宿禰《すくね》姓を賜るという形で書かれており、これにより葛城王こと「橘宿禰諸兄《もろえ》」の登場となるのである。私は、柿本人麻呂は橘諸兄に変身したと思っている。後に諸兄は大伴家持と組み、『万葉集』完成に大きく貢献するのである。

ちなみに七〇八年に「柿本猨《かきのもとのさる》」が亡くなったとだけ、『続日本紀』の元明元年の項は伝えている。人麻呂が死に、諸兄が歴史上に登場する——時期的にピッタリである。私は、古代史最大のトリックであろうと思っている。

第三巻　二六四番歌

作者　柿本人麻呂

題詞　柿本朝臣人麻呂従近江國上来時至宇治河邊作歌一首
（柿本人麻呂が近江国から上がってくる時宇治川の辺まできて作った歌）

〈原文〉

物乃部能　八十氏河乃　阿白木尓　不知代經浪乃　去邊白不母

〈訓読〉

もののふの八十宇治川の網代木にいさよふ波のゆくへ知らずも

〈現代語訳〉

声なき、姿なき数多のものは、宇治川の網代木に漂う川波のように、どこへ流れていくというのか。

〈韓国語による原文読み〉

『物　乃部能　八　十　氏　河　乃　阿白　木尓　不　知代経浪　乃　去　邊　白　不　母
モノノベヌンパルシプシイハ　ネ　アシラギニ　プ　チデプランネ　サルぺ　シラアニモ』李寧熙
『モノノベヌン**ヤ　ソ　ウチガパネ**　アシラギニ　プ　チデプランネ　サルぺ　シラアニモ』李寧熙

〈ハングル表記〉

『모노노베는 야소우지가파네 아시라기니 아니지대부랑네 갈패 시라아니모』 리영희
『모노노베는 팔십쉬히하네 아시라기니 부 지대부랑네 사뢰패 시라아니모』 리영희

〈日本語意訳〉

『物部は八十氏側だ。新羅の末端なので　頼りにするのは　止める。行く先は　新羅ではない』

李寧熙
『物部は「売春」をよくやる。新羅の子らだから。不（不比等）に頼って過ごそう。佐留の味方は新羅ではない』李寧熙

第三巻　二六五番歌

作者　長意吉麻呂

題詞　長忌寸奥麻呂歌一首
（長忌寸奥麻呂の歌一首）

〈原文〉

苦毛　零来雨可　神之埼　狭野乃渡尓　家裳不有國

〈訓読〉

苦しくも降り来る雨か三輪の崎狭野の渡りに家もあらなくに

〈現代語訳〉

困ったことに雨が落ちてきた。三輪の崎狭野の渡し場には、落ち着ける家もないのに。

〈韓国語による原文読み〉

『苦　毛　零　来雨可　神　之埼　佐野乃渡　尓　家裳　不　有　國
ケロッモ　エンコピカ　カムカショッキ　サノネパダリニ　カモ　プルアラグニ』李寧煕

〈ハングル表記〉

『괴롭모 엥고（앉고）비까 감가셨기 사노（元明、元正）네 받아리니 가모 불（不比等）알구니』리영희

〈日本語意訳〉

『苦しい。座り込んでお願いしようか。お上が逝かれたので　佐野らが継ぐだろう。行こう。不比等も知っている』李寧煕

第三巻　二六六番歌

作者　柿本人麻呂

題詞　柿本朝臣人麻呂歌一首

〈原文〉

淡海乃海 夕浪千鳥 汝鳴者 情毛思〈努〉尓 古所念

〈訓読〉

近江の海夕波千鳥汝が鳴けば心もしのにいにしへ思ほゆ

〈現代語訳〉

琵琶湖に夕波輝き千鳥が遊ぶ。お前の鳴き声で、しみじみと古の頃が偲ばれる。

〈韓国語による原文読み〉

『淡　海　乃海　夕　浪　千鳥　汝　鳴　者　情　毛思努尓　古　所念

タムへ　ネミ　ソンネミチセ　ヨ　メ　ジャオンゴロモサノイ　イェ　トヨミ』李寧煕

アブミ　ネミ　ソンネミチセ　**ネレウウル**ジャオンゴロモ**シノニ　イニシエ**トヨミ』李寧煕

『タムへ　ネミ　ソンネミチセ　ヨ　ウル　モ　オンゴロモサノイ　イェ　トヨミ』筆者

〈ハングル表記〉
『담해내미 성내미치새 여뫼자 엉걸어머 사노이 예터여매』리영희
『아부미내미 여의내미치새 네레우울자 엉걸어머 쉬노니 잇닛이패터 여뫼』리영희
『담해내미 성내미치새 여울모 엉걸어머 사노이 예터여매』

〈本書での解釈〉
『淡海突き出る。怒り波立つ。防御せむ。崖っぷち住まいにあれば古屋（昔の場）守らむ』李寧熙
『父御伸し出し、別れ波立つ。君が為泣かむ。無念で死ぬ　世継ぎ世話役用心せよ』李寧熙
『淡海（不比等）押し出る。怒り波立つ。早瀬の渦の角（鳴門の渦の角）、崖ぶち住まいにあれば古屋（昔の場・イェ（濊）の場）守らむ』筆者

第三巻　二六七番歌
作者　志貴皇子
題詞　志貴皇子御歌一首

〈原文〉

牟佐々婢波 木末求跡 足日木乃 山能佐都雄尓 相尓来鴨

〈訓読〉

むささびは木末求むとあしひきの山のさつ男にあひにけるかも

〈現代語訳〉

むささびが枝から枝へ跡を残すうちに、ついに猟師に捕らえられてしまった。

〈韓国語による原文読み〉

『牟　佐　々　婢波　木　末求跡　足　日　木乃　山能佐　都雄尓　相　尓来鴨

ムルジャジャビネミモッマグト　アシナルキネ　サノジャドオニ　ソロオゴカモ』

〈ハングル表記〉

『물자잡이 내미 못막으터 아씨날끼네 사노찾더오니 서로오고가머』

郵便はがき

料金受取人払郵便

新宿局承認

2525

差出有効期間
2025年3月
31日まで
（切手不要）

1608791

141

東京都新宿区新宿1－10－1

（株）文芸社

愛読者カード係　行

ふりがな お名前		明治　大正 昭和　平成	年生　　歳
ふりがな ご住所	□□□-□□□□		性別 男・女
お電話 番　号	（書籍ご注文の際に必要です）	ご職業	
E-mail			

ご購読雑誌（複数可）	ご購読新聞 新聞

最近読んでおもしろかった本や今後、とりあげてほしいテーマをお教えください。

ご自分の研究成果や経験、お考え等を出版してみたいというお気持ちはありますか。

ある　　ない　　内容・テーマ（　　　　　　　　　　）

現在完成した作品をお持ちですか。

ある　　ない　　ジャンル・原稿量（　　　　　　　　　　）

〈本書での解釈〉

『噛みつきて捕らえるもの（物部の追手）押し出し防げない。アシ（橘三千代）が私を懐く。サノ（佐野元明）が訪ねてくるので　お互い行ったり来たり』

第三巻　二六八番歌

作者　長屋王

題詞　長屋王故郷歌一首

（長屋王が故郷で作った歌）

〈原文〉

吾背子我　古家乃里之　明日香庭　乳鳥鳴成〈嬬〉待不得而

〈訓読〉

我が背子が古家の里の明日香には千鳥鳴くなり妻待ちかねて

〈現代語訳〉

大切な人が住んでいた家が今も残る明日香では、千鳥が鳴いています。妻が恋しいと泣くのです。

〈韓国語による原文読み〉
『吾　背子　我古　家乃　里　之　明　日　香　庭　乳　鳥　鳴　成　嬬　待　不　得　而
アレペジャ　アブルカネ　チャットカ　パルガナルカ　ニバチチセ　ウルナリ　ツママジ　フオヅイ』

〈ハングル表記〉

『아뢰봐자 아불가네 찾도가 밝아날가 니봐 지치세 울나리 치마맞이 부 얻으이』


〈日本語意訳〉

『お会いしようと　あふみ（淡海）に行く。訪ねて行き、打ち明けようか　あなたを見ると疲れる。泣く貴方、（不比等の）妻（藤原三千代）に会い　不比等を味方にしなさい』

第三巻　二六九番歌

作者　阿倍女郎
題詞　阿倍女郎屋部坂歌一首
（阿部女郎が屋部の坂で作った歌）

〈原文〉
人不見者 我袖用手 将隠乎 所焼乍可将有 不服而来来

〈訓読〉
人見ずは我が袖もちて隠さむを焼けつつかあらむ着ずて来にけり

〈現代語訳〉
人に見られないなら、私の袖で赤茶けたあなたの袿を隠してあげたい。でも焼けてしまったのでしょうか、着てはこなかったのですね。

〈韓国語による原文読み〉

『人　不　見　者　我袖　用　手　将　隠　乎　所　焼　乍　可将　有

ピト　プ　キョジャ　ナソデモチテ　マジャカクレオ　トコロショウ　ナガラ　カマジャユウ

不服而来来

プオシレオ』

〈ハングル表記〉

『비토（人麻呂）부（不比等）껴자 나서대 멋치데 맞아가꾸레오 터걸어쇼 나가라 가맞아유 부

（不比等）오시（옷이）래오』

〈日本語意訳〉

『人麻呂　不比等　組もう　立ち上がる　格好いい　迎え養おう。居場所作りなさい　出よう

出て迎えよう　不比等が来いという』

第三巻　二七〇番歌

作者　高市黒人

題詞　高市連黒人羈旅歌八首
（高市連黒人の歌八首）

〈原文〉
客為而　物戀敷尓　山下　赤乃曽〈保〉〈船〉奥榜所見

〈訓読〉
旅にしてもの恋しきに山下の赤のそほ船沖を漕ぐ見ゆ

〈現代語訳〉
旅の途上で何とも言えず寂しくなり、ふと眺めると、都を思い出させる赤い船が、沖へ漕いでいくのが見えた。

〈韓国語による原文読み〉
『客為　而　物　戀　敷　尓　山下赤　乃　曽　保　船奥　榜　所　見
ケナスイ　ムルコビシキニ　サナジョッネ　カッテポウ　ペオグ　プトソ　キョ』

〈ハングル表記〉

『개 나서이 물 고비시키니 사나졌대 갔대 보우 빼오구 붙어서 껴』

〈日本語意訳〉

『犬（県犬養三千代）立ち上がる。物（物部）は殺しをやらかすので　荒々しくなった。行って会う（人麻呂を）連れ出して　一緒に抱こう』

第三巻　二七一番歌

作者　高市黒人

題詞（高市連黒人羇旅歌八首）

〈原文〉

櫻田部 鶴鳴渡 年魚市方 塩干二家良之 鶴鳴渡

〈訓読〉

桜田へ鶴鳴き渡る年魚市潟潮干にけらし鶴鳴き渡る

〈現代語訳〉

桜田へ鶴が鳴き渡っていく。年魚市潟の潮が引いてお前たちも家に帰るのか、鶴が鳴き渡っていく。

〈韓国語による原文読み〉
『櫻　田　部　鶴　鳴　渡　年　魚　市方　塩　干二　家良之　鶴　鳴　渡
エンノンベ　ツルミナリワダリトジサガナシバ　シボカプットカラジ　ツルミナリワダリ』

〈ハングル表記〉

『왠놈뵈 돌미（두루미）나리 와다리 터지 삭아나시봐 씹어가붙어가라지 돌미（두루미）나리와다리』


〈日本語意訳〉

『珍しい奴と会う（濊の者会う）。回る水（鳴門の渦）の旦那が着いた。怒り呑み込み噛み砕き付いて行け。回る水（鳴門の渦）の旦那が着いた』

第三巻　二七二番歌

作者　高市黒人

題詞　（高市連黒人覊旅歌八首）

〈原文〉

四極山　打越見者　笠縫之　嶋榜隠　棚無小舟

〈訓読〉

四極山うち越え見れば笠縫の島漕ぎ隠る棚なし小舟

〈現代語訳〉

四極山を越えて遠くの海を眺めれば、小舟が笠縫の島に着いて隠れてしまった。

〈韓国語による原文読み〉

『四極　山　打　越　見者　笠縫之　嶋　傍　隠　棚無小　船

ノキョメ　ウチノモポジャカポジ　シマポウカクレ　プムショウベ』

〈ハングル表記〉

『넣어껴메 어찌넘어보자 가보지 시마보우가꾸레 품으셔뵈』

〈日本語意訳〉

『引き入れて組もう。どうにか越えよう。行ってみよう。シマが見る　養い抱くつもりに見える』

第三巻　二七三番歌

作者　高市黒人

題詞　（高市連黒人覊旅歌八首）

〈原文〉

礒前　榜手廻行者　近江海　八十之湊尓　鵠佐波二鳴　［未詳］

〈訓読〉

磯の崎漕ぎ廻み行けば近江の海八十の港に鶴さはに鳴く　［未詳］

〈現代語訳〉

磯辺を船で漕ぎ巡れば、琵琶湖の数多の港に鶴が群れて鳴いている。

〈韓国語による原文読み〉

『礒　前　傍　手廻　行者　近　江海　八　十之湊　尓　鵠　佐　波二　鳴
イパ　セキ　パンデトラカジャカカイカミ　イェトカジュニ　コクチャバプトレ』

〈ハングル表記〉

『이봐 새끼 반대 돌아가자 가까이가미 옛터가주니 꼭잡아 붙어뢰』

〈日本語意訳〉

『こっちを見ろ野郎。反対に回って行こう。近道で行こう。昔の所に行ってあげるから　しっかり捕まり引っ付きなさい』

第三巻　二七四番歌

作者　高市黒人

題詞　（高市連黒人覊旅歌八首）

〈原文〉

吾船者　枚乃湖尓　榜将泊　奥部莫避　左夜深去来

〈訓読〉

我が舟は比良の港に漕ぎ泊てむ沖へな離りさ夜更けにけり

〈現代語訳〉

我が船は比良の港で停泊することになるだろう。どうか沖へ流されないように、夜の闇が深くなってきた。

〈韓国語による原文読み〉

『吾　船者　枚　　乃　湖尓傍　将　泊奥　部莫　　避　左　夜　深　去来

アゴペジャチュルギネ　コイプトチャバオグペマックスムジャパムキポカオ』

〈ハングル表記〉

『아거뵈자 즐기네 고이 붙어잡아오구 배막구숨자 밤깊어가오』

〈日本語意訳〉

『アゴ見れば　楽しそうです。安らかな表情で引っ付いて来ます。船を止め　隠れよう。夜が深まって行く』

第三巻　二七五番歌

作者　高市黒人

題詞　（高市連黒人羈旅歌八首）

〈原文〉

何處 吾将宿 高嶋乃 勝野原尓 此日暮去者

〈訓読〉

いづくにか我は宿らむ高島の勝野の原にこの日暮れなば

〈現代語訳〉
今夜はどこで眠ろう。こんなに広い高島の勝野の原で、日が沈んでしまったなら。

〈韓国語による原文読み〉
『何 處 吾 将 宿 高 嶋 乃勝 野原 尓 此 日 暮去者
ヌグショアレマジャジュグコ シマネカジュヤポリニ チャイ ポカジャ』

〈ハングル表記〉
『누구셔 아레맞아죽거 시마네가져야 버리니 차이 보（穂의国）가자』

〈日本語意訳〉
『誰が私を迎えてくれるだろう　嶋が迎えても捨てるだろう。捨て　穂の国に行こう』

第三巻　二七六番歌
作者　高市黒人
題詞（高市連黒人覊旅歌八首）

〈原文〉

妹母我母　一有加母　三河有　二見自道　別不勝鶴

〈訓読〉

妹も我れも一つなれかも三河なる二見の道ゆ別れかねつる

〈現代語訳〉

あなたと私は一つだから、三河の二見の道から別れがたい。

〈韓国語による原文読み〉

『妹母！　我母　一　有　加母　三　河有　二　見　自　道　別　不　勝　鶴

メモ　ガボ　ピトアルカモ　ミルカユウプトバ　ススロキルパキアニカジハク』

一云『水　河乃　二　見之自　道　別　者　吾　勢　毛　吾　文獨可文　将　去

ミルカネ　プトポジススロキルパキジャアゴイギオモ　アレムドカム　マジャキョ』

〈ハングル表記〉

『매모!　가보 비토알가머 밀가유 붙어봐 스스로 길바뀌 아니가지하구』

一云『밀가네 붙어보지 스스로 길바꿔몽 아거（首皇子）이기오모 아레（首皇子）묻어가무 맞아겨』（실은 柿本人麻呂자신의 대답）

〈日本語意訳〉

『結ぼう！ 行って見なさい 不比等は分かってくれるかも 進めよう結びなさい 自ら 道を変え（首＝聖武天皇を）持たないで』

一云『進めようか （手を）結んでみよう。自ら道を変えたら 息子（首皇子）は勝つだろう。私は（人麻呂）埋もれていくだろう 迎え組もう』（実は柿本人麻呂の答え）

第三巻 二七七番歌

作者 高市黒人

題詞 （高市連黒人覊旅歌八首）

〈原文〉

速来而母 見手益物乎 山背 高槻村 散去奚留鴨

〈訓読〉

早来ても見てましものを山背の高の槻群散りにけるかも

〈現代語訳〉

もっと早く知っていたら、何度も足を運んだろうに。山背の高槻村の槻林は、もう消え去ってしまった。

〈韓国語による原文読み〉

『速　来而母見　手　益　物乎山背高　槻　村　散　去　奚　留　鴨
ソッキイモキョデ　マッスムロメセダカツキソンサンゴ　オチトメカモ』

〈ハングル表記〉

『속히 이모껴데 맞서물오?　메세다가 죽이선 산거（柿本人麻呂）어찌 도매（藤原不比等）가머』

〈日本語意訳〉

『早くイモと結び　面と向かって尋ねなさい？　迎え入れ殺すのなら　生きている者（柿本人麻

呂）どうして　留（藤原不比等）に行くだろう』

第三巻　二七八番歌

作者　石川君子

題詞　石川少郎歌一首

〈原文〉

然之海人者　軍布苅塩焼　無暇　髪梳乃〈小〉櫛　取毛不見久尓

〈訓読〉

志賀の海女は藻刈り塩焼き暇なみ櫛笥の小櫛取りも見なくに

〈現代語訳〉

志賀の海女は藻刈り塩焼きに忙しく、小櫛を取って見繕う暇もない。

〈韓国語による原文読み〉

『然　之！　海人者　軍　布刈　？　塩　焼　無暇髪　梳乃　小　櫛　取　毛　不
タンヨナジ！　ヘチジャグ　ペガリ？　シボソ　ムカカミソネ　チャピッチュルチイケ　ピト
見　久尓
キョグニ』

〈ハングル表記〉

『당연하지！　해치자구 빼가리？　씹어서 묶아가미 서네 자 피줄지우게 부（不比等）껴구니』

〈日本語意訳〉

『当たり前だろう！　殺そうと　連れ出すか？（怒りを）噛んで縛って行こう　立ち上がれる。
さあ血筋は諦めなさい　不比等は組むので』

第三巻　二七九番歌

作者　高市黒人

題詞　高市連黒人歌二首

〈原文〉
吾妹兒二 猪名野者令見都 名次山 角松原 何時可将示

〈訓読〉
我妹子に猪名野は見せつ名次山角の松原いつか示さむ

〈現代語訳〉
あなたに猪名野は見せてあげられた。名次山の角の松原もいつか見せてあげよう。

〈韓国語による原文読み〉
『吾妹兒　二　猪　名野者　令見都　名次　山　角松原　何　時可　将　示？
ナメアイニ　チョメノジャレパド　ナチャレメ　プソバラオチテガ　マジャシ？』

〈ハングル表記〉
『남의아이니 조매노자레봐도 나차레메 부서봐라 어찌되가 맞아시』

〈日本語意訳〉
『他人なので　少しくらい遊んでも（態度を）低くしなさい。（然しこの関係を）壊してみろ。どうやって会える？』

第三巻　二八〇番歌

作者　高市黒人
題詞（高市連黒人歌二首）
（筆者注・実は柿本人麻呂かも？）

〈原文〉
去来兒等　倭部早　白菅乃　真野乃榛原　手折而将歸

〈訓読〉
いざ子ども大和へ早く白菅の真野の榛原手折りて行かむ

〈現代語訳〉

さあ、お前たち。大和へ帰ろう。すげ草が広がる真野の榛の枝を手土産に、一日も早く帰ろうではないか。

〈韓国語による原文読み〉

『去 来 兒 等倭 部早 ? 白管 乃 真 野乃 榛原 手 折 而 将 歸

カルレ アイドワ ベジョ? ペグダネ チャンノネ シボ ソンオルリイ マジャトラガ』

〈ハングル表記〉

『갈래! 아이도 와 뵈죠? 뵈구다네 참노네 씹어 손올리이 맞아 돌아가』

〈日本語意訳〉

『行く! 子供も来て逢えるんでしょう 見たいもんだ。我慢しよう 呑み込む お手上げだ 迎え見て(すぐに)帰る』

第三巻　二八一番歌

作者　高市黒人妻

題詞　黒人妻答歌一首

（高市黒人の妻の答ふる歌）

〈原文〉

白菅乃　真野之榛原　徃左来左　君社見良目　真野乃榛原

〈訓読〉

白すげ草の広がる真野の榛原を行きも帰りも、旅先であなたは眺めたのですね。真野の榛原を。

〈現代語訳〉

白菅の真野の榛原を、行きも帰りもあなたはご覧になったのですね。真野の榛原を。

〈韓国語による原文読み〉
『白管　乃　真　野之　榛原　往左　来左　君　社　見良目　真　野乃　榛原
ペグダネ　チャンノジ　シポ　カジャコジャクムシャポラメ　チャムノメ　シポ』

〈ハングル表記〉

『뵈구다네 참노지 씹어 가자거자 금샤 보라메 참노네 씹어』


〈日本語意訳〉

『見たいようだ　我慢しなさい　呑み込みなさい。行ってたちまち　ひびが　入って見なさい。

我慢しよう　呑み込みなさい』

第三巻　二八二番歌
作者　春日倉老（春日老）
題詞　春日蔵首老歌一首

〈原文〉

角障經 石村毛不過 泊瀬山 何時毛将超 夜者深去通都

〈訓読〉

つのさはふ磐余も過ぎず泊瀬山いつかも越えむ夜は更けにつつ

〈現代語訳〉

いまだ磐余も越していない。泊瀬山へは一体いつ越えられるのだろう。夜の闇は深くなるのに。

〈韓国語による原文読み〉

『角　障　経　！　石　村　毛　不　過　泊　瀬山　何　時　毛　将　超　夜　者

深　去通都

チノッジャブル！　イパレ　ド　アニチナパッセメ　オヌテ　ト　マジャノモパムシャ

キポ　カドド』李寧熙

チノッジャブル！　**イバムラモ？　ピトガ**　パッセメ！　**カ　シ　ド**　マジャチョヤ　モン

プッコカドド』筆者

〈ハングル表記〉

『치녕자불！ 이파레도 아니지나 받세뫼 어느때 또 맞아넘어 밤샤깊어가도더』 리영희

『치녕자불！ 이박물아모？ 비토 가 받세뫼！ 가시더 맞아쳐야몽 붙거（붙어）가도더？』

〈日本語意訳〉

『王に入れたい！（させたい！）「立て続け鉄掘れ―磐余」も過ぎず「鉄受け山―泊瀬山」ぞ いつ また 越せる もう夜は更けて行く』 李寧熙

『仲間に入れたい！（させたい！）尋ねよう？ ピト（不比等）行き 従いなさい！ 行って殴られ打たれてからついて行くのか』

第三巻 二八三番歌

作者 高市黒人

題詞 高市連黒人歌一首

〈原文〉

墨吉乃 得名津尓立而 見渡者 六兒乃泊従 出流船人

〈訓読〉

住吉の得名津に立ちて見わたせば武庫の泊りゆ出づる船人

〈現代語訳〉

住吉の得名津に立って見渡すと、武庫の港に停泊した船人たちが、次々と出かけていくのが見える。

〈韓国語による原文読み〉

『墨　吉　乃得　名　津　尓　立　而　見　渡　者　六　兒　乃泊　従　出　流　船人

ムッキル　ネオドミョンチュイ　タツデ　ポルパダシャムッコ　ネチャルタラチュリュプネピト』

〈ハングル表記〉

『묻길　네언으면 주이　다투데 벌받아샤 묶어 내잘따라주류　부네 비토（不比等）』

〈日本語意訳〉

『尋ねたら、お前を（味方として）得られれば（要求した物を）あげる。（反発して）戦えば罰を与え縛る。私によくついて来てくれ。息巻く　ピト（不比等）』

第三巻　二八四番歌

作者　春日倉老（春日老）
題詞　春日蔵首老歌一首

〈原文〉
焼津邊 吾去鹿歯 駿河奈流 阿倍乃市道尓 相之兒等羽裳

〈訓読〉

焼津辺に我が行きしかば駿河なる阿倍の市道に逢ひし子らはも

〈現代語訳〉

焼津辺りまで来た時に、駿河の阿倍の市で見染めたあの娘は、今頃どうしているのだろう。

〈韓国語による原文読み〉

『焼　津　邊吾　去　鹿齒駿　河　奈流阿倍乃市道尓相　之去等羽裳

サルチ　ペアレカルノギジュカワナルアペネシジイソロシゴラハモ』

〈ハングル表記〉

『살치 배아래칼 녹이주까 와 날앞에 내시지이 서로 식어라 하모』

〈日本語意訳〉

『猿野郎（柿本人麻呂）腹の中の刀　溶かしてあげようか。来て私の前に　連れて来なさい。お互いに（頭を）冷やせと言ってやる』

第三巻　二八五番歌

作者　丹比笠麻呂

題詞　丹比真人笠麻呂徃紀伊國超勢能山時作歌一首

（丹比真人笠麻呂が紀伊国に行き勢能山を越えた時に作った歌一首）

〈原文〉

栲領巾乃 懸巻欲寸 妹名乎 此勢能山尓 懸者奈何将有 ［一云 可倍波伊香尓安良牟］

〈訓読〉

栲領巾の懸けまく欲しき妹が名をこの背の山に懸けばいかにあらむ ［一云 替へばいかにあらむ］

〈現代語訳〉

栲領巾を肩にかけるではないが、あなたの名を声に出して言いたいものだ。それならば、この背の山を妹の山にすればどうであろう。

〈韓国語による原文読み〉

『栲 領 巾乃 縣 巻 欲 寸 妹 名乎此 勢 能 山尓 縣 者 奈何
ヌルテリョキネ アガタマキ ヨッチ イモナオコッレ イキオヌンメニ アガタシャナガ
将 有
ショ アラ』

一云『可倍　波　伊　香尒安良牟
カベ　ネミイ　カニアラム』

〈ハングル表記〉

『늘 데려끼네 아가타（県犬飼三千代）맡기 엿지 이모나온거래 이기오는메니 아가타（県犬飼三千代）샤 나가셔 알아』

一云『가뵈 내미이 가니 알아무』

〈日本語意訳〉

『いつも連れて面倒を見る　県犬養三千代に任せ、引き入れよう。イモ（元明）が出て来られても　勝ってくる女性なので、県犬養三千代が出られる　分かるだろう』

一云『行って会う　強く出るだろう。行ってみれば分かる』

第三巻　二八六番歌

作者　春日倉老（春日老）

題詞　春日蔵首老即和歌一首

〈原文〉
宜奈倍 吾背乃君之 負来尓之 此勢能山乎 妹者不喚

〈訓読〉
よろしなへ我が背の君が負ひ来にしこの背の山を妹とは呼ばじ

〈現代語訳〉
良いではありませんか。人々が「我が背の君」と親しく呼んできた「背の山」を、今さら「妹の山」とは呼べないでしょう。

〈韓国語による原文読み〉
『宣 奈倍 吾 背 乃 君 之負 来尓 之 此 勢 能 山乎 妹 者 不 喚
ソンナベ アレツッネ キムカチルコニ カルコレ イキオヌンメヤ マルモンアニプルジ』

〈ハングル表記〉
『선나뵈 아레듣네 기미가칠거니 갈거레 이기오는메야 말몽 아니부르지』

〈日本語意訳〉

『立つようだ　アレ（下の者の意味、柿本人麻呂を指す）聞きなさい　キミ（元明）が行き、打つので　行くんだろう。勝ってくる女性（三千代）だ。それでなければ（不比等は）呼ばない』

以上「柿本人麻呂の死」と関連する歌三八首を連続で読んでみた。時期は文武が亡くなった七〇七年から、遅くても橘諸兄が突然官僚デビューする七一〇年までの三年間であろう。

時間的な後先は二二三番から二二七番が先に読まれ、次に一三一番から一四〇番が詠まれ、二六四番から二八六番は時期が違う大事なコメントを編集したものだと考える。

（以上、文責　崔无碍）

消された古代史・神々の誓約

韻山 鐘九

はじめに

私は一九九九年七月から世界最大の数珠を造り始めました。二〇〇〇年五月末に完成しましたが、大きすぎて受け入れる寺がないまま、更に数珠を造り続けていた六月十三日、韓国と北朝鮮の首脳による南北頂上会談の報道を見て、平和を目指す両国に奉納することを思い付きました。

そのために三人の僧侶と縁を結び、日本の聖域にも数珠を置くために奉納場所を探し歩くうちに奇妙な夢から鳴門に赴くと、ここが古代の聖域であったことが分かったのです。

それは七一五年（霊亀元年）までに朝廷の争いで、スサノオ信仰を封印してアマテラス信仰を立ち上げた痕跡が、「浦島太郎・桃太郎」の物語に隠されていると思えました。ですが、それをまとめるのに二〇年の歳月がかかりました。

そもそも私は歴史に疎く、興味もございませんでしたが、住職らが古代史に詳しいことで会話を聞くうちに徐々に興味を持つようになりました。身の回りの数字や文字、そして夢が何かと符合するように思えたことを住職に伝えると、それを邪険にもせず、各地へ赴くことになりました。そのうちに、いつしか自身が想像する物語が見えてきたということです。

簡略化すると、新政権はアマテラスを立ち上げるために、鳴門のスサノオを対岸の東、和歌山県の立里山へ封印しに出向いた様子が浦島太郎物語であり、その政権を奪った者も福井県の敦賀で抹殺される様子が、桃太郎物語であったようです。

そして更にその政権を奪い合おうとする戦乱がありました。最終的に豊橋の三河湾から伊勢に渡る広域で、大船団による戦乱が繰り広げられたようで、その戦争に勝利するために持統上皇は、三河の聖域（豊橋）において「神々と誓約をした」と推測します。これが古代史に残る「持統上皇の三河御幸」という伝説の実態だったのではないでしょうか。

そして持統が去った後の朝廷は、数十年間の騒乱を収束させるため、全ての罪を柿本人麻呂になすり付けて鳴門の渦潮に放り込んで処刑（水刑）。その様子が、「さるかに合戦」の物語であったと想像します。

これで終焉を迎えたと語り継がれていますが、実は人麻呂は隠密に徳島県神山町の山（テンペノ丸）で地元の者に匿われ、隠れて生き延びていたことが分かったのです。

一般に柿本人麻呂は七一〇年までには亡くなったと言われ、七二四年にはいるはずのない人がいた証を統国寺《とうこくじ》住職が見抜かれました。これを解く重要な鍵は、二〇〇二年頃から住職が、韓国の作家李《イ》寧《ヨン》熙《ヒ》氏と『万葉集』を古代韓国語で解読する研究をされていたことで、『万葉集』の一部、柿本人麻呂の本当の姿が見えてきたと言われます。

一つの単語が四通りにも読めることから、日本語と韓国語を熟知した人でないと解釈が難しいそうです。

振り返れば、ここに至るまでには実に不思議なことが続いたものでした。それが何かのお告げであると受け止めたことで、諦めずに現在の結末を迎えることができましたが、もしも私たち三人が出会っていなかったら、この謎は永遠に解けなかったかもしれません。

ゆえにここまでに至った経緯を詳細に述べることとします。

大念珠製造

この物語は二匹の狐に遭遇したことから始まります。

岐阜県本巣市の船来山に慈雲寺という臨済宗のお寺があり、そこへ通って作務（雑木の切り出しなど）の奉仕をしていた一九九九年七月十二日の昼頃、境内の雑草を撤去した山裾を見渡しながら住職と立ち話をしていると、先ほどから何かが木陰から見え隠れしています。それが二匹の狐であったのです。

思わず住職に「狐、狐、あそこに隠れてる！」そう告げると、「本当や、ようこんな真っ昼間に出てきたもんや」。まるでこちらの様子を窺っているかのように交替で顔を出していた狐も裏山へ消え去って行きましたが、その光景を見ているうちにとても異様な感覚に陥りました。遠い昔の幼少時に見た悪夢を思い出したのです。白い大きな玉が空一面に浮かぶ夢であり、風邪をひいて熱を出すと必ず見た恐ろしい夢です。なぜあんな夢を見たのか……。

もともと、私の家族は愛知県の豊橋（小坂井町）に住んでいましたが、私が生まれる前年に兄が事故死したことと、父の幼なじみも事故死する悲劇があり、その頃、折しも父の妹が岐阜へ嫁ぐ話が進んでいたことで、祖父と父が何度も岐阜を行き来するうちに岐阜への引っ越しを決めたのです。家族は、悲劇の豊橋から遠ざかりたかったに違いありません。

二歳足らずの私を連れて岐阜へ移転しましたが、この地で父の仕事が軌道に乗るまで、私は頻繁に豊橋の祖父母の家に預けられました。そこで毎朝、祖母におぶわれて兄の墓参りや五社稲荷（豊川稲荷の本元）へ参拝に連れて行かれると、あの薄暗い稲荷の森に立ち並ぶ狐の石像が恐ろしく、祖母の背中でうずくまっていた記憶があります。それで不思議な夢を見たのかと思ううちに、夢に出てきた大きな玉を造ってやろうという気になったのです。

木材業者に大きな木を探すように依頼した後日、愛知県の飛島港にデカイものがあるという話が舞い込みました。向かうと、中でも特に目立つこの原木は、山車の車輪や楽器などに使う硬い木だといわれました。直径が約三メートルもあり、しかも樹齢が約二〇〇〇年と聞き、西暦と同じ原木で玉を造ったなら時空の重なりが完成すると感じたのです。この成り行きを狐から授かったと思え、後先も考えずに原木の根元から先まで六等分に切断して置いてあった約四二メートル全てを買ったのです。

原木を紹介していただいた愛知県海部郡飛島村の山内木材社長から、玉に加工して製造してくれる名古屋の木工職人を紹介されました。ですが、三か月間加工を続けただけで断られてしまい、次の業者、津島市内の工場が引き受けてくれました。

愛知県の飛島港で見つかった大念珠用の巨大な原木（樹齢2000年）

この頃、私が大きな数珠を造るという話が、知人を通じて岐阜県議会議員で自民党岐阜県連幹事長の船戸行雄先生の耳に入ったことで訪ねて来られ、「応援団になる」と言われました。頻繁に行き来されるうちに五人で山を買おうという話になり、私は気が進まぬまま七月十九日、五人で八百津の権現山を買った経緯があります。

時が経過した十月八日、山内社長と海部郡蟹江町のタイ料理店「ら・ばんだ」で玉の製造がうまくいかぬことで相談していました。鞄からタバコを出しながら、「山を買ったら税金まできて厄介続きだ」などと権現山の文字が入った封筒を出して嘆いていたところ、それを見て社長は、その封筒を見せてくれと言われました。「あぁ、えらいことや！　女房の先祖が祀られた山や」などと言われ、なんという因縁か、この恐ろしさに二人とも鳥肌が立っておりました。

知人の紹介で知り合った他県の社長の先祖が祀られた山を買っていたとは、これは何かにやらされている……。

その後も数珠の製造は困難が続き、機械が壊れてストップしたまま年を越したことで、山内社長は、なんとか業者を探そうと駆け廻っておられました。二〇〇〇年一月十六日、信号無視の大型トレーラーに真横から激突され、社長の愛車トヨタ・カローラは原形を留めぬほどグチャグチャに潰れて中央分離帯に引っ掛かっていたと聞きます。

意識はないものの社長は幸い大けがは負わず、海部郡弥富町の海南病院に搬送されてから二日後に意識が戻ったと聞いて、見舞いに行きました。社長は、「信号が青になって発進したら、気がついたらここにいた。頭がぼーっとして記憶がない」と言われ、前歯が少し欠けてはいましたが、お元気でした。よくも無傷でおられた。そして本人がこんなことを言われるのです。「以前、叔母が名古屋の老婆（拝み屋）の所へ運勢を見てもらいに行ったら、私の寿命が去年までだったそうで。今回も叔母が老婆の所へ出向いて願ったら、『この人、寿命が延びてる……。もう大丈夫だ』と、初めて叔母からそんな話を聞いた」と言われ、私の大念珠に寿命を貰ったなどと涙ながらに語られました。

そんな大事故を乗り越えて山内社長は一か月後に完全復帰されました。

考えたら私も中学三年生の頃、父の知人の車（トヨペット・コロナ）の助手席に同乗して、近所の信号がない交差点をノンストップで通過した際に、左から四トンのコンクリートミキサー車が激突して車が大破したことがあります。私の席が運転席にまでめり込み、気づけば誰かが体を摩って意識が戻ると、コンクリートミキサー車がひっくり返ってタイヤが空転していたのを覚えております。救急車に乗らずに歩いて家に帰りましたが、その晩、高熱を出してうなされていたと母は言いました。この時、夢の中に幼児が笑いながら私に纏わりついていたのを、あれは私の兄であったと感じたのです。

製造加工

山内社長の苦難を考えたら、これから数珠の製造は自分でやるしかないとして、中古の機械を買って改造し、それで削る作業をし始めました。すると、不思議にもこの頃から撮影した写真に白い玉が無数に写るようになったので、まるで悪夢に見た玉が応援しているかのように思えたのです。

そうこうしながら試行錯誤を重ねた結果、二〇〇〇年五月の中旬に第一号の一〇八玉が完成。このことを聞きつけた新聞社とテレビ局から取材を受け、五月三十日から六月十三日まで一般公開することとなり、東海三県より大勢の人が見学に来られました。この数珠はどこに行くのか？　そう聞かれても奉納先も決めぬまま製造したので、答えようがありません。

2000年5月中旬、第1号となる大念珠108玉が完成し、取材を受ける

また、一般公開中、「この玉に電気が来る」などと言われる人が多数おられました。中でも前列の左から九番目の玉が一番電気が強いなどと言われたことも意味不明でしたが、私の僧名「韻山鐘九」の「九」からの因縁だったのかもしれません。

つかの間の一般公開も終わろうとしていた六月十三日、昼食に戻ってテレビを見ていたら、韓国の金大中大統領が南北頂上会談をするために北朝鮮へ入国され、平壌の空港で金正日総書記と握手している様子が大々的に放映されていました。一九四八年の分断から初めて両首脳が握手する姿に、「数珠が完成した時に首脳会談が開催されたのも何かの因縁だ！　よし、ここへ奉納してやろう！」咄嗟にそう思い立って船戸先生に電話を入れました。すると、即答で「行こうではないか、私は北のナンバー2と友達だからそりゃぁ喜ぶだろう」などと言われたのには驚きました。きっと断られるであろうと考えていたら、なんと先生は岐阜県議会議員の訪問団を募って何度も北朝鮮へ入国していると言われたのです。

先生は、「行き詰まったら私がなんとかするから、とりあえず自分で考えて行動してみなさい」と言われ、韓国と朝鮮へはどのようにしたら持ち込めるのかと思いをめぐらせたのです。

南北への奉納

先生の後押しで気楽に考えていた二〇〇〇年七月三日、岐阜市内で見覚えのある朝鮮総聯の窓口を訪ねてみましたが、「行為はありがたいが、ジャガイモの方がありがたい」などと突然のことに戸惑われ、丁重にお断りされました。

続いて韓国の民団（在日本大韓民国民団）本部へ出向くと、これは大使館が取り扱う要件だと言われて東京の大使館に向かいました。「政府が数珠を引き取るのは他の宗教からも色々と問題が出る」などと言われ、「韓国の高城にある統一展望台へ奉納したらどうか」と提案されたのです。八月七日~九日、友人を伴って統一展望台を見学しましたが、展示しておくだけでは意味がないと思えて断念。

後に、私を担当した人はクリスチャンで、仏教に興味のない人だったと聞きます。

二〇〇〇年八月二十三日、あるご婦人から付き添いを依頼されて、十六時に岐阜県県民ふれあい会館へ出向き、釈正輪という住職と面会しました。彼は数年前に私の会社を幾度か訪ねて来られた方であり、この頃は大阪の寺で住職をされておられるとのことでした。

「林さんの大念珠のことは船戸先生から聞いております」と言われたので、韓国と朝鮮に奉納するために両国の機関へ出向いたが断られたことを述べると、「政治的に依頼するのは無理でしょうから、僧侶関係で奉納する手段を考えられた方が良い」と言われ、両国の有力な僧侶を紹介してもらうことを約束しました。デヴィ夫人を交えての宗教サミットが開催されるので、そこへ私も参加させてもらうことになったのです。

八月二十六日、釈住職の約束通り、岐阜へ有力な住職らが集合することとなり、デヴィ夫人を筆頭に「愛と平和を語る会」が開催されました。その会に参加して、会議を終えてからの懇親会は、長良川の鵜飼船でした。ここで同席されたのが大阪・統国寺・崔无碍住職でした。彼は在日本朝鮮仏教徒協会の副会長であり、私が大念珠を造ったいきさつを説明すると、住職は「不思議」と一言。これは「運命的に造らされたもの」と言われました。

歴史や宗教のことを一切知らぬ私に、「素戔嗚尊《すさのおのみこと》が復活して云々……」と私には意味不明のことを述べられましたが、この数珠を必要とする神がおられるなら光栄だと思いました。統国寺の住職は運命的に造らされた私をある意味、特別の存在であるとも言われ、そして、「どれだけできるか分からないが、やるだけやってみよう」と言われたことで、近いうちに大阪へ出向くことになります。

二〇〇〇年九月二十一日、釈住職と共に大阪の統国寺へ出向くと、この場に韓国の観音寺住職も同席されました。統国寺の住職が大念珠を引き受ける先として推薦したお寺です。観音寺住職は私の家から近い各務原市の青龍寺住職も兼務されているので、日本と韓国を行き来する方と聞きましたが、何より彼は統国寺の住職と一緒に北朝鮮へ入国して、檀君陵《タングンりょう》の精入れ祈祷をした優れた僧侶であるとのことでした。

私は、数珠が完成して一般公開した日に南北頂上会談が開催されたのは何かの因縁に思え、この数珠が日本から韓国と朝鮮を結ぶ懸け橋になるような気がすると述べました。韓国と北朝鮮へ数珠を奉納できるなら統国寺へも奉納するが、何より日本の聖域に必ず奉納しなければならぬと述べると、統国寺の住職は「日本の聖域はどこが良いか、時間をかけて検討するが、あなたの真意が本物なら何かの啓示が降りてくるであろう」とも言われました。どういう意味なのか、専門用語も分からぬ私は、とにかくお任せすることにしました。

そして先ほど檀君陵の話が出たことから、私が一九九五年に北朝鮮へ入国して、その場へ行った経緯を述べたのです。

北朝鮮への渡航

巷ではなぜそんな所へ行ったのかと聞かれますが、この頃はまだ入国が困難な国であったことが私には魅力でした。つまり、誰も行けない国へ行ってみたいという興味本位からでした。

引率者は昔、学生運動で世間を騒がせた元赤軍派議長・塩見孝也氏（二〇一七年没）です。彼との接点は、妻の叔父でした。叔父は、学生運動の「京浜安保共闘革命左派」議長・川島豪であったのです。川島氏と私は清掃会社の同業者であったことから、彼が十三年間の獄中生活を経て清掃組合へ顔を出された頃に知り合ったのです。当時、私は二五歳でした。

その後、一九九〇年十二月九日に川島氏は沖縄の病院で他界されましたが、その翌年に、私は川島氏の姪の川島留美と結婚しました。川島氏はとても厳しい人で、役所関係や周りからは敬遠されていましたが、なぜか私と馬が合ったのです。そのことが縁で結婚できたのは、彼が親代わりであったからです。

話は逸れますが、大叔母、つまり川島氏の母によると、昔、氏が幼少期に体が引き攣る奇怪な現象が度々あり、近所の拝み屋の婆さんの所へ連れていくと、「また狐に取り憑かれたなぁ」などと言われて、数珠で体中を擦って治してもらったとのことでした。この川島氏との出会いも「狐の縁」であったように思っております。

川島氏の亡骸を豊見城の火葬場で荼毘に付して、妻が遺骨を抱えて名古屋空港へ到着すると、あたりは雨模様。

タクシーに乗車した私と妻、その他二名が岐阜の大垣市内の川島氏の自宅へ向けて高速道路を走ると雨はどんどん酷くなります。大垣インターを降りて田んぼ道を行くと、驚き！　なんとご自宅の上空に黒い雲が渦巻き、そこへ雷の稲光が何度も落ちていました。それを目の当たりにした運転手は「あんな所へ行くのですか！」などと恐れていましたが、到着したら雷が嘘のように止んだから不思議でした。

この時、私が「本人が帰宅して喜んだ証を見せ付けられた」と思ったのは、病床で川島氏が「必ず天からお前らを見守ってやる」などと口癖のように言われていたからです。

川島氏が他界する前、塩見氏が頻繁に大垣の自宅へ来られていた際に私が新幹線羽島駅からの送迎をしていたことがきっかけで塩見氏と連絡を取るようになりました。その後、東京へ出向いて彼らと幾度か会ううちに、北朝鮮への渡航を決めたのです。

一九九五年十一月二十四日、成田空港で塩見氏の他二名（S氏・N氏）と合流し、まずは北京に入って一泊しました。北京市内を観光しながら万里の長城にも登りました。

翌朝、平壌までのフライトは一時間足らずでしたが、（この国は大きな産業工場がないのか?）と思うくらい、遠くまで見渡せるほど澄み切った青空だったのが印象的でした。田園風景を見ているうちに空港に到着。村役場のような小さな空港では、田宮高麿氏（一九九五年没）・小西隆裕氏・安部（現・魚本）公博氏・若林盛亮氏の四名に出迎えられました。彼らは昔、よど

檀君陵（朝鮮民主主義人民共和国平壌直轄市）

平壌・万寿台の金日成像の前で

号ハイジャック犯で北朝鮮に亡命した人物として、中学生時代にテレビで見た指名手配者であり、まさかこの人たちと会うなどと想像しておりませんでした。

すぐにホテルに行くのかと思ったら、通称「招待所」という、三階建てのアジトのような所に十一月三十日まで滞在しました。宿代はいらないというのでそれは助かりました。連日にわたって各地を案内してくれたのは阿部（魚本）さんと若林さん。檀君陵という古代朝鮮の神話に登場する墓地を参拝した時、中に入ったら「ゴーーーン」という耳鳴りが三回ほどしてから気分が悪くなったのを覚えており、考えればこの奇怪な現象は、何かが乗り移った洗礼であったと思っております。

ある晩の夕食時、小西氏が「あの時、よど号の機長に模造刀を突き付けながら玄界灘を越える時、これで日本とはおさらばかぁ。そう思ったたねぇ」などと語られ、飛行機を乗っ取った時のことを語る生々しい迫力に正直震えあがりました。

日時が経過するうちに、夜半になると連日、田宮氏と塩見氏が大声で激論を交わしておられるのは何か……。この頃から田宮氏が私に、日本に帰ったら何かの担当をするようにと言ってくるのを断り続けていました。しかし、同行した京都のS氏（D大学卒）に「別に俺ならやるよ」などと軽く煽られたことでばつが悪くなり、酔った勢いもあって、担当することを了解してしまったのです。それから眠れぬ日々が続くようになりました。

（日本に帰ったら大変な作業が始まる……）

そんな思いを抱えて帰国の途に就いた十一月三十日、帰りの平壌駅から二十三時間かかって北京駅に向かうことになりました。ところが、午後一時の汽車の出発に、塩見氏とN氏がトイレに行ったまま戻ってこないのです……。見送りの田宮氏は、「塩見を頼むぞ！」などと涙目で発車するまで私の手を握りしめたままです。塩見氏からはパスポートも返してもらっていないし、本当に大丈夫か……。

そのうちに警笛が鳴って係員が扉を閉めて出発しましたが、切符もなく、どの席かも分からずにスーツケースを持ったまま扉の前で立っていました。すると、隣の号車から彼らが息を切らして走って来られたのです。駅のトイレから出たら発車ベルが鳴ったから最寄りの号車に乗ったところ、各号車に鍵が掛けられていて動けなかった、見送りの皆に会うことができずに残念だと嘆いておられました。

上下二段ベッドの四人部屋で、丸二十三時間かけて北京には翌日の昼頃に到着しました。

北京の食堂で記憶にないほど酒を飲んでホテルに戻り、部屋の冷蔵庫の酒もすべて飲み干して寝たら、夜中の午前三時頃、誰かがいつまでもドアを叩いているのに気づきました。出てみるとN氏が「塩見の部屋に来てください」と言うので、「何事ですか？」と聞いても、「ここでは話せません。とにかく来てください」と言うのです。塩見氏のもとへ向かうと、なんと塩見氏が床に

正座しておられるではありませんか！　どうしたのですかと聞いても、とにかくお座りくださいと言うので座ると、

「実は、田宮が死にました！」

と言うではありませんか。

見送りから帰ってすぐに心筋梗塞で亡くなったというのです。

確かに田宮氏は出会った初日から最後まで、日本から土産に持ち込んだヘネシーをしこたま飲んでおられたが、そのせいでしょうか……。

彼らは明日、再び平壌へ戻ると言いますが、一〇日も仕事を休んでいる私にはそれは無理だったので、一人で日本へ帰国することになりました。

この結末で、田宮氏との約束は消滅しましたが、こんな結末があり得るでしょうか……。

いずれにしても日本から訪朝して、よど号事件の主犯格である田宮高麿氏と最後に握手していた私ですから、朝鮮への数珠の奉納が叶ったら檀君陵へ参拝して、田宮氏の墓前に手を合わせます、といった話をしたところ統国寺の住職はとても驚かれ、

「あの国へ入るのも困難なのに、今日ここに居合わせた四人全員が過去に北朝鮮へ入国し、檀君陵を参拝したとはできすぎている……。この場にいないが、岐阜の船戸行雄先生は北朝鮮へ幾度も渡航して檀君陵へは行ったと聞くから、ここへは檀君に集めさせられたことになる！　これは恐ろしい因縁だ……。私たちは神の啓示によって動かされている。これを裏切ったら、たちまち

燔祭《はんさい》になる」

と言われました。

燔祭とは古代ユダヤの生贄《いけにえ》であることを後で知りました。

専門用語など知らぬ私でも、途中で止めたら大変なことになることぐらいは分かります。

住職らは一貫して「北への奉納など、一筋縄でいくものではない。宗教を嫌う国であるから、この作業は神々のご加護を賜らなければ成就しない」と言われ、できる限り多くの寺院・神社を巡礼しなければならないなどと言います。イヤ、とんでもない物を造らされたもんだ！　これから各地を参拝に出向くなどとは……。

巡礼

二〇〇一年七月二十八日、初めは私のルーツである狐の舞台、愛知県の豊川稲荷を参拝。

続いて九月十七日、統国寺の住職夫妻と和歌山県へ向かい、初日は熊野本宮を巡礼しました。

古代はこの河原が本宮であったようで、何もない河原を歩くうちに住職が拾って私に手渡された石は、丸い月の模様が出ており、「これ、林さんの石」と言われたのは、この頃はよく写真に白い玉が写ることがあったからです。

帰宅してこの石を洗浄すると、丸い月の右下に高貴な顔が浮き出ていたことに驚き、この石を丁重に神棚に安置するため、石の台座を数珠の端材から加工して造り上げると、なんとこの木目

高貴な顔が浮き出た石

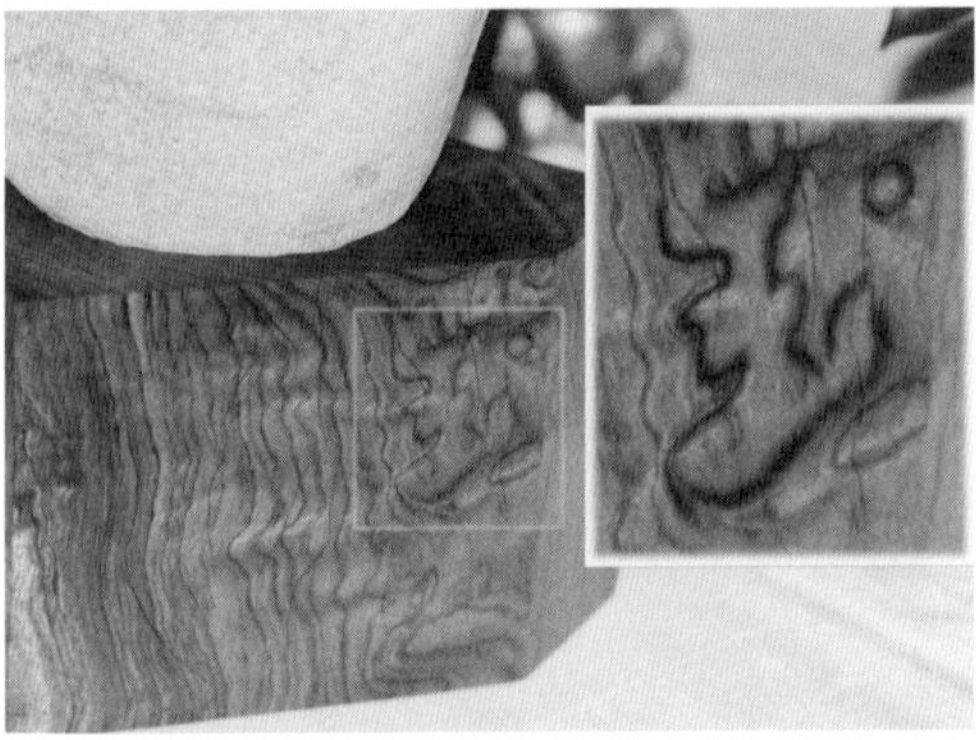

台座に「玉」の文字が

（拡大）

大木の前で写した写真。頭上に光の玉が見える

に「玉」という文字が浮き出てきたのには驚きました。

このことは後に、この聖域から何かの威厳によるメッセージを受け賜ったと感じたものです。

この日は龍神村の温泉宿に宿泊しました。

九月十八日、続いてこの日は玉置神社を参拝するために山の頂上の駐車場に到着。

ここからは歩いて二〇分ほど下っていきます。山登りが嫌いな私は、帰りが大変だと思いました。途中、杉の大木を背に、統国寺の奥様が写真を撮影されました。すると、その写真の頭上に玉が写っていたのです。このように二度も「玉」が現れるとは、何かのメッセージであったと思っております。

テンペノ丸

各地を巡礼するようになった二〇〇一年十二月九日、統国寺において勉強会を終えた夜半、住職と徳島県の神山町へ向かいました。数珠を日本の聖域に奉納したいと願ったところ、住職が考えられた聖域が、神山町のテンペノ丸などという奇妙な名前の山でした。古代に、徳島県神山町に存在する「テンペノ丸」などという奇妙な名前の山において朝廷が殯《もがり》をしたことを住職が何かの文面で見たそうです。また、殯とは、死者の遺体を本葬するまでの長い期間、棺に遺体を仮安置して別れを惜しむための場所で、風水的に選ばれた良い場所であったとも言われました。

この場が相応しいと言われて、その山を目指すことになりましたが、この頃の四国の山間部にはコンビニなどなく、弁当を持参して大阪から車で向かいます。神山町役場の駐車場に到着し、夜が明けるまで仮眠をしましたが、外はうっすらと初雪が積もって、とても寒い日でした。

夜が明けてから、初めは住職が決めておられた十三番大日寺の前にある大粟《おおあわ》神社へ到着して参拝しました。住職は何か探しておられるが、「ここには殯をしたような山もなくここではない……」などと、つぶやいておられました。

次は高越《こうつ》山・高越寺で参拝し、麓のガソリンスタンドで給油しながらテンペノ丸のことを聞いても、知らぬと言われたのです。役場の観光課に行ったら分かるだろうと訪ねたら、役場でも知らぬと言うのです。神山町の周辺を回るうちに昼になり、昼食を取ろうと山道で出くわした店舗「ふなと食堂」に暖簾がかかっていたことから入店すると、「やっていない。下の方に店があるからそこへ行け」と言われて、山道をどんどん下りていきました。そこには「松浦食堂」があり、入ったら満員。そこに居合わせた老人にテンペノ丸のことを聞いたら、そんな山はないと言うので、「おじさんが知らないだけでありますよ」と返しました。「この村に昔から住むワシが知らんと言ったらないのや」などと少々ご立腹されていたが、私もしつこい性格で、絶対あるんですよと言い放つと、そんなこと言うなら先生に聞いてみるわなどと言いながら店の電話を借りて誰かと話します。すると、「やっぱりあんたの言う通り、あるみたいや」と……。

この住所の人に会いに行きなさいと教えられました。

食事を終え、車で一〇分ほどの距離の農業基幹集落センターで神山町文化財保護審議会の大粟玲造様に面会して、さっそく山（テンペノ丸）の所在を訪ねると、あれはこの裏の山と、あっさり指差された山は地元の限られた人のみが「オテンペさん」と呼ぶといいます。そして、限られた地域の人しか、その呼び名を知らぬはずだと言われました。

ここで住職が大粟神社とテンペノ丸のことを尋ねると、大粟玲造先生曰く「この山は一一〇人が所有する山で、誰も手を付けられぬように封印されている山や。大粟神社は、昔、山の上にあったら下の者が眩しくてかなわなんだから下へ持って行ったら、今度は悪いことばかり続いた。それで今の所になったという話がある」。

この時、すでに老人は大事な答えを述べておられるのに、私たちはその意味が分からず、この意味を理解するまでに一年以上かかりました。

大粟先生は長年にわたって地域の信仰や風習を研究された結果、『神山のおふなとさん』という題名の冊子を出版されたそうで、この地域にしか存在しない信仰の風習とのこと。石をいくつか積み上げげて祀る習わしがあるが、四国の中でもこの地域しかない独特の風習であると述べられます。

役場やその他で聞いても解らなかったテンペノ丸の山。もしもあの食堂に入っていなかったら大粟先生には会えず、探すことを断念したでしょう。

二〇〇二年一月八日、韓国の僧侶と釈住職も同行して、テンペノ丸の山へ寄ろうと、朝七時に農業基幹集落センターに到着。大粟先生とは連絡を取らぬまま来たので、どこが山の入り口か見当も付かず困っていると、農業基幹集落センターの事務の女性が朝のゴミ出しに来ました。山への誘導を依頼すると、快く引き受けていただき、五人で山頂へ向かいましたが、なんと、車で五分ほど行ったら頂上に到着するほど小さな山だったのです。

こんなに近いなら前回に行けばよかったと話しながら祠に参拝をして中を覗くと、石が二～三個積んであるだけ。この石組みが、大粟先生が研究された、「おふなとさん」という信仰のようです。

このテンペノ丸という頂上の位置、ここが大粟先生が言われた、「山の上にあったら下の者が眩しくてかなわなんだ」という、山の上に存在した最初の大粟神社であったのです。

しかしこの時、このすぐ麓に、「下に行ったら悪いことが起きたから今の所になった」という現在の本元、上一宮大粟神社の存在が、樹木で見えずに分からなかったので、ここを知るまでに一年以上も年月がかかったのです。

二〇〇二年一月二十三日、頻繁に四国へ通うようになり、テンペノ丸を参拝するために大粟玲造先生を訪ねると、前にもタイトルを聞いていた『神山のおふなとさん』の本を頂き、初めて中を見て、三ページに記載されていた内容に凍り付きました。

『古事記』の上巻に「筑紫の日向の橘の小門の阿波岐原に到りまして禊ぎ祓ひたまひき、故（かれ）投げ棄（う）つる御杖（みつえ）に成れる神の名は衝立船戸神（つきたつふなとのかみ）次に投げ棄つる」とあり、『日本書紀』には「一書に曰く」として「其の杖を投げ給ふ是を岐神（ふなどのかみ）と謂う也……岐神此れをば布那斗能加微（ふなどのかみ）と云……」とあります。

また一書には「其の枝を投げて曰く、此れ自り以還（このかた）雷不散来（えこじ）是を岐神（ふなとのかみ）と謂、此の本（もと）の號（な）を来名戸之祖神（くなどのかみ）と曰ふ……」などとも。

つまり、船戸行雄先生が亡くなる啓示が、すでに昨年より出されていたように思えたのです。三週間前の一月一日に逝去された船戸先生は、岐阜の「岐／分かれ」人であり、自らの山に三本柱の鳥居を建立したものの、そこに雷が落ちて焼け落ちるなど縁起の悪いことが続いていました。この数か月前、先生から突然、「あの数珠は越前大仏に売却しようではないか！」などと説得されたのを断るのに難儀した経緯があり、あれだけ北朝鮮のことは任せろと自慢しておられた方が、一体どうされたのかと思っていたのです。住職等は、神事だけに約束を破ると、たちまち「燔祭《はんさい》・生贄《いけにえ》」という恐ろしい天罰がふりかかると言われたが、水を販売する会社に携わっていた先生が、その水源に車で突っ込んで水死したとは恐ろしい……。

この因縁から、やはりここは統国寺の住職が選抜された聖域であることは紛れもない！　と思いました。平和のために、このテンペノ丸の山に「お御堂を建立して大念珠を安置したい」などと大粟先生に願うと、山の地権者らに面会するのであればとして急遽、地元の名士で呉服屋を営まれる店主の黒丸様をこの場に呼んで紹介いただき、地権者らに面会させていただくことを依頼し、帰路に就きました。

統国寺住職が、船戸先生の教訓から、私たちは四国霊場八十八ヶ所を巡礼して今一度、心を引き締めなければならないと言われ、二〇〇二年三月四日から四人が交替で巡礼をし終えました。

立里荒神社

二〇〇三年三月十七日、統国寺住職と、釈住職、竹翠僧侶に同行して奈良県吉野郡野迫川村大字池津川にある荒神社（通称　立里《たてり》荒神《こうじん》山《やま》）へ登ったのは、釈正輪住職が昔、高野山で修行中に兄弟子から聞いた伝説がきっかけです。

高野山の裏山（東南の位置）の立里山に大昔は鐘がありましたが、いつか鐘はなくなったという会話から始まりました。

そこは和歌山県と奈良県の県境に位置しており、高野山から南東に車で三〇分ほどの距離です。

この荒神山へ行きたいと願っていた私ではありますが、当日はあいにく朝から雨が降り続き、しかも苦手な階段がずーっと山の上に続くので、まるで雲の中を彷徨うようかのような気分で、皆から遅れて登頂しました。すると、統国寺住職が私に、「今、登って来ましたよね？」と言われるので、「なぜですか？」と聞けば、先ほど私が降りていく姿を見たと言われるのです……。

このような現象は岐阜の青龍寺と、この一週間前に釈さんの関係の横浜・善光寺主催のスリランカツアーに参加した際にもありましたので、別の意識が浮遊するのかもしれません。

弘法大師空海が鎮座した高野山と立里山との位置関係というものに何かあるのか？　風水や八卦に詳しくはないが、建築関係から巽《たつみ》（辰巳）の方角を聞くと、良い関係だと聞きます。

どのように良いのかネットで検索すると、

一、そなえる、神前にそなえる、神前に舞楽する。

二、ふむ、ちらす。

三、遜と通じ、したがう、つつしむ、うやうやしい。

四、八卦の一。方位において、たつみ（東南）にあたる。

（『普及版 字通』コトバンクより）

などと記載されており、北東の忌嫌う鬼門とは逆に、「従う・慎む・恭しい」などから、恭しく慎んで何かを援助する方角のように思えます。

また、荒神は「スサノオ」であり、そのスサノオ本体が梵鐘の「鐘」であると申しているのであります。この意味は後に述べておりますが、「鐘」という文字は「金・立・里」を融合した文字で、私の僧名「韻山鐘九」も何かの因縁であったように思えます。

夢

二〇〇二年二月に正夢から家族が命拾いをした逸話があります。

いくらシャッターを閉めようとしても閉まらないのを、腕を組んで黙って見ている父。なぜ手伝わぬのか……。待てよ！　父は他界している……そう思って飛び起きると汗がびっしょり。トイレで顔を洗って部屋に戻ると何かが焦げ臭い！

電気を点けると、なんと、部屋の天井に三〇センチほどの雲のような黒煙が漂っていました。オイルヒーターのコンセントが燃えて火が出ていたのです。

トイレで新鮮な空気を吸ったことで火災に気づきましたが、あのまま寝ていたら家族は焼死していたでしょう。

二〇〇二年十二月一日、自ら祈る場を設けようと、大和ハウス工業株式会社岐阜支社に依頼して二階建てを建てました。その建物が完成し、工事関係者三人を招き、午後五時から小宴を行いました。午後八時に皆さんが帰られようとした時、神棚を見たら、なんと消えていたローソクの火が勝手に点いたのを四人が目撃したのです。

あり得ない状況を目の当たりにしたことで、何かの威厳が存在することを見せつけられたととらえております。

ひふみ神事

二〇〇二年十一月二十日、統国寺住職と共に、福井県の小浜「お水送り神事」の地に参拝に出向き、若狭彦神社を参拝してから鵜の瀬へ到着。

橋を渡った所に異様な雰囲気が漂う場所があり、それは白石大明神の墓のようだと住職は言われました。

その隣に椿の林があり、中でも樹齢八〇〇年というような、とても珍しい大椿の大木が目についたことから、その木に手を合わせました。すると、どこからかご老人が現れ、この土地の所有者だと言われ、「お水送り」の神事に毎年参加されるとのこと。村の後継者で長男しか参加できぬ厳粛な祭り行列の、二番手に並んで参加していると言われます。

そして「よくここをお参りくださった」などと言われ、わざわざ大椿の枝を数本折って持ち帰らせてくれたのです。

この白石大明神とは古代、新羅の神であった可能性があり、新羅↓白木・白石とは共通する意味があるようだから、この辺に白木と名前が付く村がないかと住職から聞かれました。敦賀原発に白木という漁村があったことを思い出し、とにかくそこへ行ってみようということになりました。

道中に千鳥苑という大きなドライブインがあることから、そこで休息しようと入った途端、三人連れの誰かが「オーイ、林ー！」などと大声で私を呼ぶので、一体誰なのか？　と思いました。よく見ると、三〇年以上も会っていない同級生「白木」です。住職は「本当に白木さんですか？免許証、見せてくれますか？」などと聞いておられましたが、どこかへ行くと必ずこのように何かの形でキーワードが出てきます。とにかくこれは冗談好きな神様から遊ばれているかのように思えるのです。


帰宅してから、老人から授かった大切な椿の枝を根付かせようと、一〇本ほど挿し木にしてビニールを被せておきました。翌年七月に四本が根付いていたことで植木鉢に植え、年末に一鉢を大阪の統国寺に届けると、翌二〇〇四年の正月に住職から連絡が入りました。

「あれは何とも奇妙な椿です。正月の一日に一輪の花が咲き、そして二日にも一輪の花が咲いた。更に三日目にも一輪の花が」と。

毎日、一輪ずつ三輪咲いたとは……。

この現象、どうやら私に「ひふみ」というキーワードが降りているようだと言われ、ひふみとは一体、何をするべきかと考えました。

「ひふみ祓詞・ひふみ神言」ともいい、死者蘇生の言霊です。『先代旧事本紀』の記述によれば、

「一二三四五六七八九十布留部由良由良止布留部（ひふみよいむなやこと……）」と唱えることで死人も生き返る神事といわれます。

意味不明な呪術信仰の「ひふみ／123」の数字がキーワードとして浮上とは、一体、何をしたらいいのか考え続けました。そのうちに、半年前に弁財天（弁天様）を祀りましたが、その池に水源がないことに思い当たりました。

大椿の大木の前で

弁天様は「さらさら水が流れる」音楽の神で、水に共通した蛇神や龍神ともいわれる神なのに、水源がないことから、ここに一二三メートルの井戸を掘ることを思い付いて住職に伝えると、「そうに違いないが、そんな深い井戸を掘るなら四国霊場を巡礼して地の神に許しを得た方がよい」と言われ、再び四国八十八ヶ所を巡礼することになってしまい、二〇〇四年四月三十一日〜一〇日間、四国霊場八十八ヶ所を一人で巡礼しました。しかしよく巡礼させられる運命になりました。

瓶浦神社

鳴門

二〇〇三年の初頭、とても不思議な夢を見ました。

〝船の周りを泳いでいたら渦に巻き込まれ、気づけばそこは竜宮城〟

そんな夢を見た後で、地図を眺めていると、意外なことに気づいたのです。

鳴門を挟んで北東へ線を引くと、鹿児島から↓鳴門↓四天王寺↓比叡山↓岐阜・高賀神社となります。高賀神社は昨年七月に数珠を奉納した神社です。

また、鳴門を中心に、十字を描くように北西に線を引くと、島根県の出雲大社に出ますが、その逆方向、出雲大社から鳴門を経て東南へ向かうと、和歌山県の潮岬にも出雲という町がありました。偶然でしょうか……。

鳴門が鬼門の中心か？　ここに何か隠されて

いる……。

そんな思いから何としても鳴門へ行くように住職を説得し、二〇〇三年四月四日、五名で大阪から鳴門へ向かうと、大塚国際美術館の潮騒荘がまるで竜宮城のように見え、車を止めて写真を撮ろうとした横に、瓶浦《かめうら》神社が存在したとは。祀られているものが瓶ではなく、亀に思えたのです。

由縁の「七一五年に転覆した船から瓶を引き上げた」とは、「亀を助けた」と思え、やっぱりここは浦島太郎だと言って、皆からニガ笑いされたものでした。

この時の参加者は統国寺の住職と私、そして福岡県のT様の関係三名の総勢五名。いつも参加される釈正輪住職は、新たなる修行のためしばらくは曹洞宗の僧堂におられるし、韓国の住職も年に数回しか来られぬのでメンバー全員が集合するのは簡単ではありません。

ここで気づいたのは、二〇〇二年七月に数珠を奉納した岐阜の高賀神社や、大野町の来振寺《きぶりじ》、そして敦賀の氣比神宮も同じ七一五年の由緒ということです。鳴門から岐阜方面は北東方面であるから、それはもしかしたら鬼門の北東に向かって何かが起きたのではないか？

そう話したことで住職は、一斉に信仰形式が始まったとは何を意味するのか……そんな疑問を抱き始められたのです。

〈瓶浦神社略縁起より〉

徳島県鳴門市。大海竜王神を奉斎し、おかめ様と呼ばれる。奈良時代薩摩より素焼きの大瓶を朝廷に献上する船が鳴門を通過の時、風雨に遭って転覆。今から千二百余年前。霊亀元年（七一五～六）海中にあるのを発見。引き上げられた瓶を御神体として祀り、海上安全、豊漁、雨乞いの祈願に霊験とくにあらたかで、広くこの地方住民の尊崇を集めている。

〈高賀神社略縁起より〉

岐阜県関市。霊亀年間（七一五～七一七）に夜な夜な妖しい光が出て丑寅の方向に飛んでいくのを都の人々が目撃……以下省略。

〈来振寺略縁起より〉

伝承によれば、七一五年（霊亀元年）、法相宗新福寺として行基が開山したという。七二五年（神亀二年）、新福寺の背後にある……以下省略。

同じ年号に一斉に信仰が始まったとは、政権交代があったように窺えますが、もしもそうであれば、この鳴門から裏の鬼門（徳島）方面を調べたら何か分かるかもしれません。

しかしこの瓶浦神社、「卍」の紋が掲げてあることからしても古代は神仏融合の寺であったよ

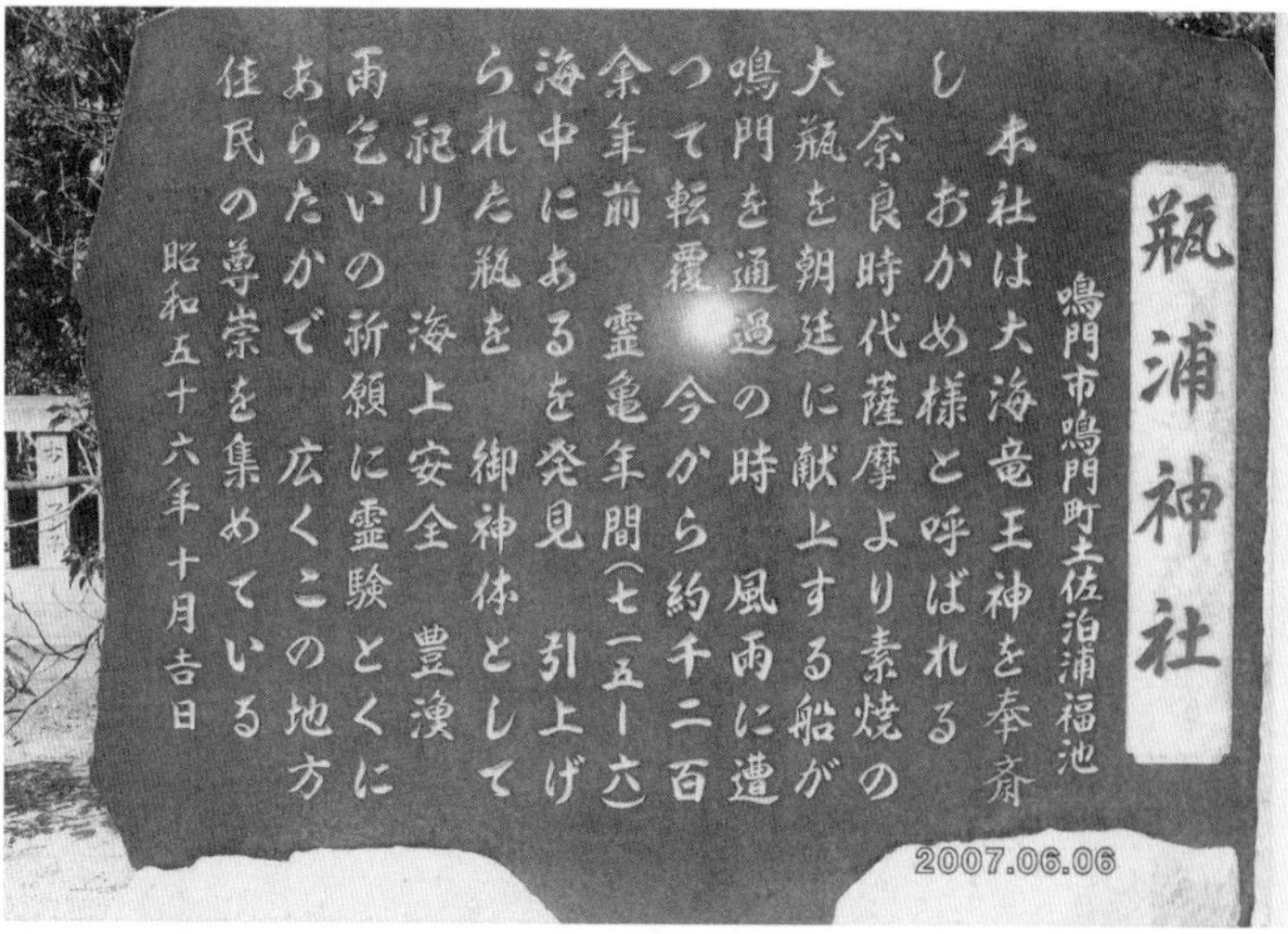

瓶浦神社の縁起が刻まれた石碑

鳴門の砂浜にて、大塚製薬「潮騒荘」を背に

うで、するとここに鐘があってもおかしくはありません。今はないがその鐘はどこへ行ったのかと想像するうちに思い付いたのが、先月に出向いた荒神山！「今はないが昔は鐘があった」という釈住職の話が妙に気にかかりました。考えれば浦島太郎の物語は亀を助けましたが、本当は神の象徴である「鐘」イコール神を封印したことを示しているのでは？「亀と瓶」または「神と鐘」を暗示した物語が隠されていると思え、この鳴門という地名も鐘の音が鳴り響く海峡の門から「鳴門」になったのではと思えるのです。

テンペノ丸交渉

昨年からしばらく神山町へ出向いていませんでしたが、黒丸様から連絡が入り、テンペノ丸の地権者らと村の集会場で夜七時に会う設定がされたと聞きました。二〇〇三年四月十三日午後三時に統国寺住職と共に大阪を出発して、予定より早く集会場へ到着し、黒丸様に連絡をすると、「山にお御堂などけしからん！」などと皆様は相当に怒っておられるとのこと。なんとか説得をしてみるから連絡したら集会場へ来てくださいと言われ、近隣の喫茶店で待機していました。

ご立腹の人が多数おられるようで、黒丸様は吊し上げられている様子が窺えます。そんな所へ出向いたら皆から何を言われるでしょうか。

あの山は一一〇人の所有ですから、どう考えても皆を説得するのは無理です。とんでもないことを依頼して、わざわざ四国まで叱られに来てしまった……。

この時、住職が町のガイドマップを見ておられ、大粟神社がもう一つ別にあるようだと言われました。つまり私たちが最初に参拝した十三番大日寺の向かいに存在する大粟神社は、大粟先生が話されていたあの昔話からです。「昔、山の上に神社があったら下の者が眩しくてかなわなんだから、下へ持って行ったら今度は悪いことばかり続いたから、それで今の所になった」という、下へ持って行った神社であり、それとは別に今の所、上一宮大粟神社が初めて分かったのです。

すでにあたりは真っ暗ですが近くだからと向かい、拝殿に向かって手を合わせていると、住職が上空を指差しながら私に教えられたのは……。

なんと、上空の星が私たちの方へ向かってゆっくりと降りてくるのです！　見た者でないと信用できぬでしょうが、何かの光が降臨したのは事実です。

このタイミングで黒丸様から連絡が入ったのでさっそく集会場へ向かうと、五〇人ほどはおられたでしょうか、どこの誰が何を言うのかとでも言わんばかりに腕組みをして待ち構えておられ、その中心に黒丸様が正座して縮こまっておられました。そのことから、皆から大反対の突き上げをくらっていたことが見てとれました。

そこで私は皆に向かって「岐阜の林と申します。こちらは統国寺の崔无碍住職です。黒丸様にお願いした、テンペノ丸の山にお御堂を建てる話は止めにします！」

突然にそう言い放ったものですから皆は仰天！　拍子抜けして腰を抜かされ、黒丸様などは目を点にしておられました。

「今、大粟神社で参拝していたら空から星が降りてきました。星は降りませんから何かの光でしょうが、あり得ない光景でした。だからそこへ数珠を置かなければなりません！　私の意思ではなくて、神様がそうしろと言ったに違いないです」

星を見たばかりの私は、未だ興奮冷めやらぬ勢いで一世一代の大演説！

「皆様どう思われますか？　星が降りて知らせに来たのに反対できますか？　これを反対したら天罰が当たると思いますよ」

などと申し上げた結果、誰も反対をする者がおらぬどころか「それが良い。宮司の許可があれば良い」などという意見が出たのです。

その様子を見て、後日に神社へ伺うことを述べて帰りました。

帰りの車内で、この結末が想像できましたか？　私は間違いなく皆に叱られて謝り、それで帰る予想をしていたのに本当に冗談好きな神が今頃、腹を抱えて大笑いしているような気がしました。


〈上一宮大粟神社略縁起より〉

大宜都比売命（おおげつひめのみこと）またの名を天石門別八倉比売命（あまのいわとわけや

上一之宮大粟神社と光柱

くらひめのみこと）あるいは大粟比売命（おおあわひめのみこと）としているが、史料によっては天石門別八倉比売命・大粟比売命は配祀神であるとしている。

社伝によれば、大宜都比売神が伊勢国丹の郷（現 三重県多気郡多気町丹生）から馬に乗って阿波国へ来たとのこと。同じく徳島にある天石門別八倉比賣神社は神亀五年（七二八年）に聖武天皇の勅願所となり、元暦二年（一一八五年）には正一位の神階を授けられたとありました。聖武天皇が関連するとは……。

二〇〇三年五月二十日、この神社へ訪れた際の写真にも、昼間に光が降臨していたので、本当にこの神社は不思議です。

二〇〇一年から私たちはここを目指して徳島

浦島太郎の絵馬①

入りしていましたが、同じ名前の神社がこの神山町にあったとは露知らず、ここへ辿り着くのに一年半もかかってしまいました。それも光に迎えられて、やっと辿り着いたのです。

テンペノ丸の頂上がこの神社のすぐ裏とは！　ここも同じ山の一部であり、頂上から下を見渡しても木々に塞がれてこの神社の存在が分からなかったのです。

この聖域に大数珠を安置する念願は宮司様の腹一つで決まりましたが、宮司様と連絡を取り合った際、光が降臨したことを述べると、「それはスサノオ様があんたたちを導いておられたんや。考えられんことが起きましたねー」などと言われました。奇抜な発想をされる宮司様であられます。

そして初めて宮司様に面会すると、突然、「この神社は鳴門の渦に向かって鳥居が立って、鳴門の鬼門を守護する神社です」などと言われ、瓶浦神社から西南に鬼門の痕跡を探していたのに、それを宮司様が語られたのです。

そして統国寺の住職が本殿の中を拝見すると、なんとここに浦島太郎の絵馬まで掲げられているではありませんか！

今考えても恐ろしい。私たちをここへ導いたあの光は一体何だったのでしょうか。


そしてもう一枚の絵馬。

浦島太郎の絵馬②

三人が描かれた絵馬は左から、竿を持つ浦島太郎、扇子を持つ老人、桃を手にする桃太郎。

この三名の絵馬について宮司様は意味が分からないと言われましたが、帰宅して老人の家紋を調べると、「三つ引き両・吉川氏藤原氏南家流」または「三浦太郎」とあるので、三名の太郎さんか？　偶然にも私の父も男兄弟三人「太郎」と付く名前の因縁から、絵馬の三人が気になりました。左の浦島太郎は若く、右端の桃太郎は中年で、中央の老人は晩年の姿であることからすると、この絵馬は同一人物であるように思えたのです。

鳴門の瓶浦神社において、ここは浦島太郎だと申し上げて笑われましたが、その根拠がこの大粟神社に掲げられていたとは、やはりあれは正夢であったようです。

この絵馬の姿から、扇子を持ち、扇ぐ策士とは、七一五年の前、代々の朝廷を裏で操る柿本人麻呂であったと直感！

ここから童謡の浦島太郎物語が、独自の想像で解釈できるようになったのです。

新たな政権が誕生して信仰する神を交代（封印）した物語とは、亀を助けた浦島太郎であり、その亀は瓶とも鐘とも取れる都合よい意味を含みますが、その正体はスサノオです。

この時代、陰陽五行「木・火・土・金（石）・水」の自然界を融合して精製される「剣・鐘・土器」などは泥を煉り上げて窯を造り、鉱石を砕いて土器や踏鞴《たたら》鋳造をします。薪に火を点けて扇ぐことで火力が増し、素材の元素組織が変化して製品が完成します。

しかもこれら全ては大地の五行を融合したものであり、このどれを取っても渦ができる性質があるのです。①つるを巻く木、②火炎の渦、③④土や石は大地の地殻変動、⑤水の渦です。

鐘（鋳造）や瓶（土器）の本体に御霊《みたま》を入魂することで、神スサノオが誕生する渡来の信仰、これを代表する象徴が鳴門の渦であったように思えるのです。

政権交代によって鳴門に掲げられていたと推測する「鐘・スサノオ」を、東方の和歌山県の立里山へ封印し、新たなる神「アマテラス」を旗揚げしたのでしょう。

なぜ、突然に立里山が浮上したかは、以前に何げなく語られた釈住職の言葉からです。

高野山ができる以前、立里の山には鐘があったという伝説……。

鐘の行方を連想すると次のように思えます。

この作業をした若き柿本人麻呂は、神を封印する罰当たりを、亀を助けた物語に託して、「神＝鐘・瓶」を「亀」などと紛らわしくしました。

彼らは鳴門の鐘を船で対岸の立里へ運んで鐘本体を封印し、御霊の象徴「玉（御霊）」は別の玉置山に封印し、護符（玉手箱）を授かりました。

大業を成した彼らは、皆と共に龍神温泉あたりで鯛やヒラメの豪華料理で酒三昧のねぎらい接待を受けたことが、鯛やヒラメが舞い踊る竜宮城の女性たちの姿、現在の芸者が舞い踊る宴席の

瓶浦神社の狛犬

ようです。

童謡にある「道で行きあう人々は顔も知らぬ者ばかり」とは、それだけ多大な年月がかかったことを意味しており、隠密で煙に巻かなければならない作業が、白煙ではないでしょうか。その煙で老いたのが、絵馬の中央の老人になった柿本人麻呂でしょう。

想像すれば、天武天皇が没した六八六年から『日本書紀』が完成する七二〇年頃までに、三〇年以上の年月が経過したことが白髪の老人になったとも読めます。

浦島太郎

「昔昔　浦島は助けた亀に連れられて　龍宮城へ来て見れば　絵にもかけない美しさ　乙姫様の御馳走に　鯛や比目魚の舞踊　ただ珍しくおもしろく　月日のたつのも夢の中　遊にあきて気がついて　お暇乞もそこそこに　帰る途中の楽しみは　土産に貰った玉手箱　帰って見れば　こは如何に　元居た家も村も無く　路に行きあう人々は顔も知らない者ばかり　心細さに蓋とればあけて悔しき玉手箱　中からぱっと白煙　たちまち太郎はお爺さん」

作者不詳の童謡は、このような歌詞です。

天智天皇から天武天皇に移行し、天智が信仰したスサノオを封印して自らのアマテラス信仰を始めたが、天武も殺されると同時にアマテラスも封印され、アマノイワトにお隠れになった。この神話は、天武崩御の後、熊野本宮に一〇〇年間封印されたことと想像しており、熊野本宮の紋章は高句麗（太陽信仰）の象徴に似ていることから、天武の信仰をそのまま封印したように思えるのです。

熊野権現

ウィキペディアの「熊野本宮大社　歴史」によると、熊野坐大神は唐の天台山から飛来したとされています。熊野坐大神（家都美御子大神）は須佐之男命とされるが、その素性は不明である。太陽の使いとされる八咫烏を神使とすることから太陽神であるという説や、中州に鎮座していたことから水神とする説、または木の神とする説などがあるとのこと。家都美御子大神について他にも五十猛神や伊邪那美神とする説があり、菊理媛神とも関係する説もあるが、やはりその素性は不詳とされています。

他に類を見ぬほど「不詳」とされることに興味が湧いてくるものです。

偶然にもこの熊野本宮大社の紋章のような絵を中国で買ったことがありますので、そのいきさつを述べることにします。

二〇〇六年六月二十二日、中国吉林省集安市の白蓮寺へ数珠を奉納した際、四世紀の「好太王碑」を見る機会がありました。

四世紀の高句麗の古墳の前で（中国吉林省集安市）

高句麗の紋　三足烏（実物は左向きです）

「好太王」は「広開土王」または「永楽太王」とも呼ばれた古代高句麗第一九代の王。在位は三九一～四一二年で、名は談徳、諡号は「国岡上広開土境平安好太王」。その頃の日本との交渉も記されており、この碑は四一四年、彼の太子長寿王が父の功績を記念し好太王の近くに建てられたものです。また、この「広く領土を開拓した」王の時代の古墳も参拝しました。

そこにあった露店で直径一五センチの絵を見て店主に聞けば、「今は入れぬが、昔は誰でも古墳の中に出入りができたので石板の紋章に墨を塗って模写した」と言うのです。つまりこの左向きのカラスは、冠を被ることから鳳凰の鳥のようにも見えるが、三本足の「鳥／とり」ということで、同じような三本足の鳥の紋章が熊野本宮大社にも存在します。このことから想像すると、かつてこの地で活躍した淵蓋蘇文（ヨン・ゲソムン）という高句麗の将軍は六六八年（天智七年）に、唐と新羅の連合軍によって敗戦したことで日本へ亡命した伝説が事実であれば、彼が持ち込んだとは考えられないだろうか……。

出雲大社に、波の上に浮かぶ玉の石像と、その正面に大国主命が両手を広げて仰ぐ姿の石像が存在しますが、私には大国主命の姿が天智天皇であられたように思えます。

京都にある八坂神社の創設は、六五六年に高句麗から調進副使・伊利之使主《いりしおみ》が再来日した時に、新羅の牛頭山に座すスサノオノミコトの御神霊をお移しになったのが始まりとされています。それから一一年後の六六七年に、社号を「祇園感神院」として宮殿が造営された頃は、天智天皇の在位時です。

つまり当時の先進国（新羅）から神の象徴を迎えるとなれば、まさに天皇自らが出迎えられたことでしょう。

しかしその神（スサノオ）を祀るのに最も相応しい場所が鳴門であったように思うのは、鳴門の瓶浦神社の狛犬が、珍しくも玉を抱く姿であることと、鳴門を中心にして出雲大社と和歌山県の潮岬にも出雲という小さな地区が存在するのは、鳴門を中心にするために取って付けられたように思えます。


先にも述べましたが、出雲大社と鳴門が巽（辰巳・たつみ）の方角であることからすると、鳴門を援助する赴きがあったように思えます。

国が迎えた渡来信仰「スサノオ」。この御霊を「梵鐘」に入魂したことで、初めて神スサノオが誕生したと思えます。

瓶浦神社は瓶を本体として祀られていますが、私は亀＝鐘であったと想像します。

出雲大社の波の玉（御魂）と、鐘も新羅で製造したものであり、それを合体させることで初めて神が降臨したと思います。

この鳴門に鐘が存在したなどとはどこにも記されてはいませんが、この鳴門という地名を想像

すると「鐘の音が鳴り響く海峡の門」ゆえに鳴門になったと考えられるのです

天武の最期

今から一三〇〇年前、壬申の乱を起こした人物で、律令制をはじめ日本をかたちづくる基礎を一人で自ら始めたのが天武天皇です。どうしてこんなことが可能だったのでしょうか？

様々な考察の一つに、淵蓋蘇文《ヨンゲソムン》という高句麗の将軍が天武天皇（大海人）の正体であったというものがあります。西暦六六八年の高句麗滅亡の直前に日本に亡命して、天智天皇政権（近江朝＝百済系政権）内部の反百済派にその才能を認められ、天武天皇（六三一？〜六八六年）となったという説です。後に妻である額田王を天智天皇（六二六〜六七二年）が寝取ったとして天武は激怒、壬申の乱を起こして天智を殺してしまいます。しかしその後に天武も仕返しによって殺されてしまうのですが、それがこの敦賀の氣比神宮であったという空想です。

「氣比宮社記」によれば、当宮に行幸した仲哀天皇が自ら神前に三韓征伐を祈願し、征伐にあたっても皇后に玉妃命《たまよりびめ》・武 内宿禰《たけしのうちのすくね》を伴って氣比宮社に戦勝を祈願させ、その時、氣比大神が玉妃命に神懸かりして勝利を予言したといいます。また、大宝二年（七〇二年）に初めて文武天皇により社殿が修造されて以来、社殿造営は勅命によるとされ、遷宮にあたって勅使が差遣される慣例であったが、弘仁元年（八一〇年）を最後に勅による造営は絶えたといい、更に霊亀元年

（七一五年）藤原武智麻呂が夢告《むこく》によって氣比神宮寺を建立しました。


二〇〇八年四月二十三日、韓国の住職と共に三名で福井県敦賀市の氣比神宮を参拝した折、たまたま神社の禰宜様に社務所に通されてお話を伺うことができました。

氣比《きい》とは、「きび」と同じ語源であると教えられ、「昔、拝殿の天井裏に桃太郎の絵馬が隠すようにしてあった」と禰宜様に言われ、それならここに桃太郎の何か痕跡があるのではと聞けば、絵馬の他には特にお話はありませんでした。素焼きの桃太郎の置物が売店にあると教えられて買いましたが、それにしても剣を持った猛々しい桃太郎とは……。

禰宜様が後日に資料を送ると言われて名刺を渡しておいたが、資料は送られず、口外してはならぬ何かがあったのでしょう。


天武天皇が百済の勢力に追われ、敦賀（氣比神宮）において殺められたと想像していたら、やはり桃太郎が登場しましたが、この神社は桃太郎の看板もなく、聞けば売店で密かに桃太郎の置物があるという事態。なにか導きのように感じます。そこから次々と空想が広がりました。

桃太郎の童謡は次です。

「桃太郎さん桃太郎さん　お腰につけたキビダンゴ　一つわたしに下さいな　やりましょうやりましょう　これから鬼の征伐に　ついて行くならやりましょう／行きましょう行きましょう　あ

なたについてどこまでも　家来になって行きましょう／そりゃ進めそりゃ進め　一度に攻めて攻めやぶり　つぶしてしまえ鬼が島／おもしろいおもしろい　のこらず鬼を攻めふせて　分捕物《ぶんどりもの》をえんやらや／万万歳万万歳　お伴の犬や猿キジは　勇んで車をえんやらや」

つまり天武は、天智（百済勢力）を殺したことで後に百済勢の仕返しに遭い、吉野から美濃を経て福井県の敦賀へ辿り着き、そこから渤海（六九八年〜九二六年、高句麗滅亡後に建国された国）へ船で逃れようとしてこの地へ到着し、ここで殺されたと推測できます。

この場に同行した韓国の住職曰く、氣比《きい》の語源は韓国語で、「キィ・イル」。長い剣や太刀を意味し、「長い刀で殺す」という意味が、「きび」になったようだと言われ、桃太郎が登場する「桃＝百」は、百済の勢力を意味していると。天井裏に絵馬が代々隠されていたとは、木の上に隠れていた刺客に殺された意味のようだとも。

この敦賀は、「角鹿《つぬがあらひと》」から敦賀になった由縁があり、それとは単純に「角がある人」が敦賀になったなら、韓国映画に登場する高句麗の軍隊は鬼のように牛の角が兜に付くので、桃太郎の鬼退治は納得できます。

歴史ではその以前にも氣比神宮は幾度か焼失していますが、大昔から天井裏に桃太郎の絵馬が隠されていたと言われた、権禰宜様のお話を裏付ける資料が届かなかったのは残念です。よほど深い意味を秘めて語り継がれてきたのでしょう。

桃太郎を密かに秘められた敦賀こそ、桃太郎物語の本筋のように思えてなりません。ですから全国に存在する桃太郎の痕跡も、その地において百済一派が戦勝した証であったととらえ、その最大の事変が、この敦賀の氣比神宮で起きた騒乱であったと見ております。

氣比神宮　総参祭　常宮神社

氣比神宮と深い繋がりのある常宮《じょうぐう》神社は、その地の神に神功皇后を合祀した神社です。毎年七月二十二日には、「総参祭」という全国的にも珍しい神事が行われますが、これは、氣比神宮の神々が宮司以下神職と共に常宮神社に参詣を行うもの。この常宮神社に「国宝朝鮮鐘《ちょうせんしょう》」が安置されています。なぜここに新羅の鐘が置いてあるのかと不思議に思いました。

この疑問は、統国寺住職に教えられた韓国の作家、李寧熙氏が一九八九年に発表した『もう一つの万葉集』に記載された内容から、この祭りの本筋が見えてきました。

神功皇后《じんぐうこうごう》は、持統天皇。
仲哀天皇《ちゅうあいてんのう》は、天武天皇。
日本武命《やまとたけるのみこと》は、高市皇子。
応神天皇《おうじんてんのう》は、文武天皇。
玉姫命《たまひめのみこと》は神功皇后の妹　……など

この内容には驚愕しましたが、これを知って独自の空想が浮かびました。

総参祭は、氣比神宮の御祭神である「仲哀天皇」が、后である「神功皇后」に会うため、常宮神社へ海を渡り神幸するというロマンチックなお祭りとされています。仲哀天皇の御神体を船神輿に乗せ、町を練り歩いた後、御座船という船で海を渡り、常宮神社に着くと、神功皇后の御神体の隣で数時間一緒に過ごすのです。

スサノオの祭りといえる京都の祇園祭は、七月十七日の夕刻、八坂神社の三基の神輿が繰り出されます。中御座は屋根の形が六角形、西御座は八角形、東御座は四角形です。常宮神社「総参祭」もスサノオを意味する御座船「神宮丸」に天皇が乗り、御幸浜から出港して船中で祭典を行いながら常宮に至ります。

常宮神社の新羅鐘（国宝・朝鮮鐘）

神功皇后は持統天皇であるがゆえ、自ら常宮神社へ出向くために乗船したから、いつしかそこが御幸浜になったと想像します。これは、有名な持統上皇の三河御幸の名残のように思えます。しかも神宮丸という船名は、神功皇后（持統上皇）そのもののようです。

朝鮮鐘は、総高一一二・〇センチメートル、口径六六・七センチメートル。統一新羅時代の大型梵鐘です。和鐘とは様式が異なります。太和七年の銘があり、唐の年号で西暦八三三年の鋳造と分かります。新羅鐘の数少ない遺品の一つとのこと。社伝では、文禄の役で朝鮮から持ち帰ったものとあり、神功皇后の三韓征伐にちなみ、慶長二年（一五九七年）に豊臣秀吉が奉納させたといいます。倭寇が奉納したという説もあります。

なぜ、わざわざ常宮神社に新羅の鐘を置いたのでしょうか……。

「持統・文武・高市皇子」の連合体によって天武天皇は氣比神宮で殺されましたが、せめて亡骸は国へ返してやろうという配慮があったと推測できないでしょうか。

百済の二五代の王、武寧王《ぶねい》には、次のような出生の話が『日本書紀』雄略天皇紀にあります。

「四六一年に二一代の蓋鹵王《がいろ》が弟を日本の天皇に仕えるよう差し向けた時、妊娠中の自身の女性を与え、途中で子が生まれれば送り返せと命じた。一行が筑紫の各羅嶋《かからのしま》（佐賀県唐津島）に着くと出産となり、嶋君と名付けて百済に送り返した。それが後の武寧王である」。

また、一九七一年に大韓民国の武寧王陵（宋山里古墳群）から墓誌が出土し、五二三年の没年が明らかになりました。ともに王の生没年が判明する貴重な史料です。

この棺の木材が日本にしか自生しないコウヤマキ（高野槙）の木と判明！　つまり日本で亡くなって百済に戻ったという証拠でしょう。

このことから天武の亡骸も自国へ還してやろうという配慮があったとすれば、一時期、仮安置（埋葬）してから高句麗の地へ運ぼうとした古代の港が常宮です。

しかし、持統が文武を天皇に即位させようとしたことで高市皇子との争いが始まって戦争が勃発。この対戦は鳥羽から三河湾に渡る広域で大船団によって衝突したことが想定され、この大戦に勝利するために持統上皇は七〇二年、崩御する直前まで戦勝祈願のため三河湾（豊橋）へ出向いた。そのことが、古代史では持統上皇の三河御幸（文武天皇の病気平癒祈願）などと記録されたと想像します。

推測ではまず、「持統・文武・高市皇子」の連合は氣比神宮において天武を殺め、その遺体を見世物にして町を巡った後、総勢で船に乗せて西の常宮へ向けて出航した。持統天皇が出られた浜、つまり御幸浜になったと考えられます。

しかし、高市皇子も持統も文武も崩御したことで、いつしか天武は常宮のいずれかに埋葬されたままで、この八〇〇年前から朝鮮半島に続く政権争いの歴史を豊臣も信長も家康も、何らかの書籍か、豪族らの口伝で知ったことでしょう……。

天武はもともと、新羅で生まれて中国で育ち、そして高句麗で将軍になった後に日本で天皇になったと考えられ、その経歴を知っていたがゆえに、わざわざここに新羅の鐘を置いたのでしょう。だが、彼はスサノオを葬った……ゆえに鐘を置いて彼を封じなければならない！　双方の意味が含まれているように思えます。

政権の争いで殺めはしましたが、黄泉の世界を恐れていた時代であるがゆえ、祟られるのを恐れて丁重に供養した証を、実名を紛らわして掲げるなど、とても都合の良い供養であったようです。

前述しましたが、韓国の住職曰く、「吉備」は『長い刀で殺す』の意味、猿は柿本人麻呂。鳥の雉は新羅のキジという名の人物。登場する犬は韓国読みで「ケェ」。つまり、猿、雉、犬が登場する「桃太郎」の物語となります。

犬（개）と蟹（게）は、発音が異なりますが、日本人には聞き分けが難しく、同じ音に聞こえます。ここで「桃太郎」が「さるかに合戦」に繋がるのが面白いところです。

結論は、天武天皇（高句麗）は天智天皇（百済）を殺し、スサノオ信仰を柿本人麻呂に封印させて高句麗で信仰した太陽信仰（三足烏）を「アマテラス」として復活させた後、天武も百済と新羅の勢力によって抹殺されたことが、桃太郎の物語には秘められているということです。結局全ての責任を柿本人麻呂に負わせ、鳴門の渦に沈めて処刑。この様子が「さるかに合戦」と読めないでしょうか。

実は、人麻呂は処刑されていなかったのです。身代わりが鳴門で水刑にされることによって、文武が崩御するまで例の山、テンペノ丸に人麻呂が隠れていたことをつきとめたのです。

しかもそれを知る導きが天より降臨した光であったことからすると、あの光は人麻呂の御霊であったのかもしれません……。

さるかに合戦

「さるかに合戦」のあらすじを改めて見てみましょう。

——蟹がおにぎりを持って歩いていると、ずる賢い猿がそこらで拾った柿の種と交換しようと言ってきた。蟹は最初は嫌がったが、「種を植えれば成長して柿がたくさんなって、ずっと得する」と猿が言ったので、蟹はおにぎりとその柿の種を交換した。蟹はさっそく家に帰って「早く芽をだせ柿の種、出さなきゃ鋏でちょん切るぞ」と歌いながらその種を植えると一気に成長して柿がたくさんなった。そこへ猿がやって来て柿が取れない蟹の代わりに自分が取ってあげようと木に登ったが、ずる賢い猿は自分が食べるだけで蟹には全然やらない。蟹が早くくれと言うと猿は青くて硬い柿の実を蟹に投げつけ、蟹はそのショックで子供を産むと死んでしまった。子蟹は敵討ちをすべく、栗と臼と蜂と牛糞を家に呼び寄せる。……

柿の種の「種」は基＝本であり、「柿の本」と見ます。仇討ちをされる「猿」こそ猿丸大夫と言われた柿本人麻呂です。

蟹の勢力（蟹＝吉備・キビは桃太郎）はいわゆる新羅と百済の勢力。この刺客に「栗・臼・牛」の姓を持つ者が加わったのです。

水桶に隠れる蜂「蜂＝鉢＝瓶」でもあることから、水刑で瓶に入れられて鳴門へ放り込まれたという節もあり、瓶浦神社のご本体「割れた瓶」がそれを物語っているようです。

柿本人麻呂

姓は朝臣《あそみ》、名は「人麿」とも「人丸」とも表記される。人麻呂歌集の歌に庚辰年、天武天皇九年（六八〇年）作の歌（巻十・二〇三三歌）があり、天武朝（六七三～六八六）にはすでに活動していた。文武天皇四年（七〇〇年）作の明日香皇女挽歌《あすかのひめみこばんか》（巻二・一九六～一九八歌）が作歌年時の分かる作品として最後のものになることから、天武・持統・文武朝にかけて活動。主要な作品は持統朝（六八六～六九七年）に最も集中している。

また、学会では受け入れられていないが、「人麻呂と猿丸大夫は同一人物」という梅原説や、梅原説を基にして井沢元彦が著した『猿丸幻視行』もある。

『続日本紀』に元明天皇の和銅元年（七〇八年）四月の項に柿本猨《かきのもとのさる》の死亡記事があることから、この人物こそ政争に巻き込まれて皇族の怒りを買い、変名させられた人麻呂ではないかとする説もある。

元号について

霊亀元年（七一五年）とは、柿本人麻呂を瓶（亀）に入れて葬った、「亀が霊になった」という意味を含む元号のように思えます。

先の大粟神社の由縁に「天石門《あまのいわと》別《わけ》八倉《やくら》比売《ひめ》命《のみこと》神社は神亀五年（七二八年）に聖武天皇の勅願所となり……」とあります。

人麻呂は神亀元年（七二四年）に他界したことになっており、神亀の元号は、「亀が神になった」の意味と推測できます。また、その五年後に父が隠れ続けたテンペノ丸の山の祠（後の大粟神社）を聖武天皇が勅願所として格上げしたのは、実の父が人麻呂であったからと考えられないでしょうか。

ゆえにこの地域一帯の地名も「神山・神領」などというように全てを格上げして父の功績を称えたようです。

また、大粟神社の由縁「あまのいわとわけ、やくらひめのみこと」とは、人麻呂の大きな功績の中に、一つはスサノオを封印した物語。そしてもう一つがこの「天岩戸分け」という部分、代々の政権に就いたことでアマテラスをも封印しなければならなかった大業が、ここに秘められているように思えるのです。

そして更に人麻呂の「八倉／やくら」の「八」とは……。

【日本への渡来民族】李寧熙「まなほ」より

「濊（イエ）」の騎馬民族と「貊・（メク）」（注・どちらも韓国読みで）の部族は、共に朝鮮半島及び中国東北部に住んでいた先住部族で、メクと同族で言語や風俗も同じと『後漢書』は記している。

イェは後に半島の東へ移住し東イェと呼ばれたが、二世紀後半、高句麗に併合された。イェは早くから日本列島に進出していて「八」や「夜」の漢字で表された。「八千矛」「八十神」など「八」のつく神々が多いのはこのためである。

一方メクは「雲《くも》、熊《くま》、隈《こま》」と呼ばれ「雲・熊・隈」などと表記される。「イェは虎」「メクは熊」をトーテムとして古朝鮮の建国神話に登場する。「人間になり損ねた虎と、人間の女になって朝鮮の始祖である天帝の子を生む熊の話」はこのイェとメクの関係を表したもので、日本神話では「素戔嗚尊と八岐大蛇の争い」が実は、イェとメクの戦いである。

従来妻問いの歌とされてきた「八雲立つ」は、エェとメクが戦ってメクが勝ったという戦勝の歌。濊はイェ→ヤエ→ヤァ→「ヤ」「八」になる。……以下省略。

このことから人麻呂は渡来系「濊（イエ）＝八」の貴族であったと見られ、この分類を説明するのは困難ですが、これを述べないと古代史の戦乱の意味が分かりません。天武（貊／メク）、天智（濊／イエ）というように、一見仲が良くてもこの血筋で戦争していたということを教えられました。

鳴門の鐘（スサノオ）はどこへ

現在、立里の山（荒神社）に鐘はありませんが、私はそれが滋賀県の園城寺《おんじょうじ》（三井寺として一般に知られる）に置かれた鐘であると推測しております。

この霊鐘堂に置かれた「弁慶の引き摺り鐘」は、奈良時代に鋳造されたものと考えられ、田原藤太秀郷が龍神に頼まれて三上山の大百足を退治したお礼に琵琶湖の龍神から貰って園城寺に寄進したという伝説があります。また、園城寺と比叡山との間で争いが起こった時、弁慶がこの鐘を分捕り比叡山まで引き摺って行ったが比叡山で鐘をついてみると鐘の音がしないので、怒った弁慶が鐘を谷底に投げ捨てた。これを拾って園城寺に持ち帰ったといいます。

この奈良時代の鐘は、二〇〇三年当時の三井寺のホームページには、「朝鮮梵鐘」と記載されていましたが、現在は削除されています。

いずれにしてもこの当時は新羅の技術であり、この鐘こそ天智天皇が新羅から迎え入れたスサノオであったと想像しております。

これが鳴門の瓶浦神社（神仏融合の寺）に祀られていたことから、鐘の音が鳴り響く海峡の門。つまり「鳴門」という地名になったのではないでしょうか？　それを天武の命令で立里山に封印していたとにらんでいます。

二〇二〇年九月に釈住職と共に三井寺へ出向いてこの鐘を拝むと、まさに弁慶の引き摺り鐘と言われるように、故意に引き摺った痕がはっきりとあり、これこそ、住職が高野山で修行中に兄弟子から聞いた、「昔、立里の山に鐘があった」と教えられた鐘であったと思えます。しかしなぜ、鐘に傷が付いたのか……。

空海が、立里の山に葬られたスサノオ（鐘）を一二〇〇年間封印するため、あえて朝廷に懇願して高野山に寺院（金剛峯寺）ができたと想像しますが、空海が亡くなって約七〇年経過した頃、この三井寺を開山した円珍が登場し、彼は空海の甥（または姪の子）であることから、空海が金剛峯寺で行った偉業を自らも引き継ごうとして強引に鐘を引き取ったに違いない……。その騒動が、あの梵鐘の傷跡だと推測します。

考えれば鐘を川から船で運んだでしょうが、しかし簡単なことではなかったでしょう。

鐘の重量も約一五〇〇キロはあったとすれば、限られた力のある者約四〇人で、まずは闇夜の晩、無理やりに山から麓に引き摺り下ろします。延々と続く有田川で船筏に乗せて下って海に出ると、大阪湾を経て淀川を上って琵琶湖へ着くことができます。あとは陸路で運んだと推測します。

この三井寺の円珍（八一四年～八九一年）とは、最澄が伝えた天台宗が平安時代に二つに分かれましたが、その一つ、天台寺門宗の祖です。唐に渡って密教を請来した八人の僧の一人です。円珍の「珍」は、「うず」とも読むことからしても鳴門が無縁とは思えません。

空　海（七七四年～八三五年）

七八四年、桓武天皇が長岡京に遷都した頃、都が大飢饉や災いに見舞われたことで、時の朝廷は恐れおののき、過去の政権が封印した神が解かれようとして災いが起きているのではないか？と考えました。

それは、持統上皇が崩御する直前の、三河御幸（豊橋）においてのスサノオとアマテラスの誓約です。スサノオは一三〇〇年間の封印。アマテラスは、一〇〇年間の封印をしたはずが、スサノオが復活しようとしているととらえたでしょう。

ゆえにこの時代の高僧であった最澄を唐へ出向かせ、特別な密教を修得させて、それによって過去の朝廷の怨念を封じさせようとしたに違いありません。

折しもこの頃に空海が登場します。自身が生まれ育った四国（讃岐）一帯において過去に壮絶な戦乱が起きた後、この四国の歴史が消し去られた実態を知った空海は、自らも立ち上がって唐へ向かったのですが、その船には空海の運命を変える人物、橘逸勢《たちばなのはやなり》がいました。彼は平安時代初期の貴族・書家。参議・橘奈良麻呂の孫ですが、なんとこの奈良麻呂が柿本人麻呂であったことから、消し去られた古代史全ての実態を知ったのでしょう。

遣唐使として唐に向かったものの漂着した空海の一行は、言葉の通じない福州で殺されかけました。しかし、空海の活躍によって無事に長安の都に上ることができました。最澄は、天台山で一年未満の修行を終え、大師の藤原葛野麻呂《ふじわらのかどのまろ》と共に帰国する一方、唐では密教が大流行し、長安に上ってこの密教を学んだのが空海であり、空海は葛野麻呂と一緒には帰らず、しばらく唐で真言密教の修行を続けました。

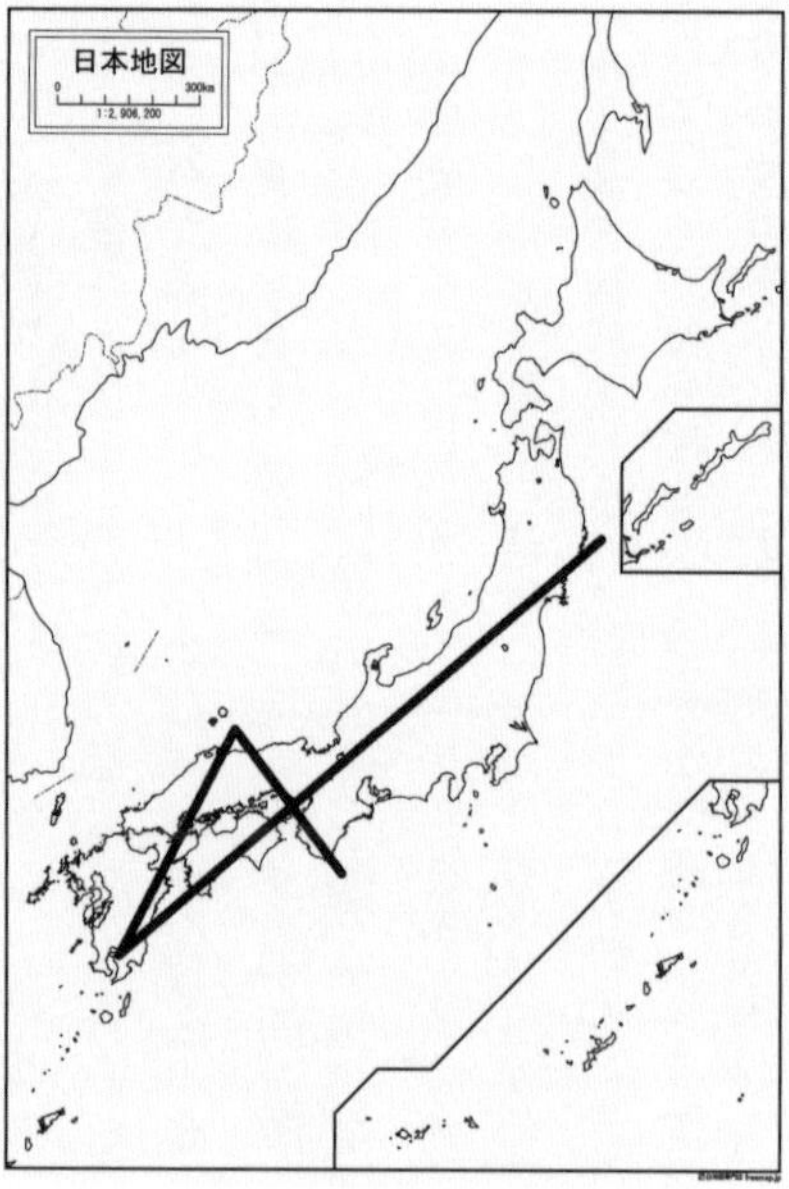

日本地図に〆の文字が

　しばらく唐で真言密教の修行を続ける空海を置いて、一足先に日本に戻った最澄ではあったが、桓武天皇が病の床で瀕死の状態でした。朝廷は精神哲学的な天台教学より、密教秘術で桓武天皇の病平癒を最澄に求めたが、最澄の努力も虚しく桓武天皇は崩御。

空海の封印

空海は晩年、高野山へ籠りました。
その時の空海の心情を想像すると、「スサノオの神を一二〇〇年間封印し続けるなど並大抵ではない！　自らが霊魂になっても呪術を継続しなければならぬ」というものではなかったでしょうか。※持統が崩御して一〇〇年が経過。

　そのために四国八十八ヶ所に霊場を築き、そこへ民衆を巻き込んで後々の代まで延々と封印を継続させようとしたのが四国巡礼でしょう。現在も四国八十八ヶ所巡礼を終えた後、長野県の善光寺を参り、最後は高野山において参拝を締めくくる習わしがあります。

なぜ善光寺にまで出向かなければならぬのでしょうか？　この善光寺の由縁を見ましょう。白雉五年（六五四年）、絶対秘仏とされる善光寺の本尊、「善光寺式阿弥陀三尊」は、天竺の月蓋長者が鋳写したものとされ、百済の聖王（聖明王）から献呈されました。また、百済の善光王が難波から長野県に運んだという説があります。

　このことから、スサノオを封印するために、そのスサノオ信仰を立ち上げて、殺された天智天皇「百済派」の怨念を鎮めなければ成就せぬと察し、あえて百済の王族が関係して建立した善光寺へ民衆を参拝に赴かせ、百済の怨念を緩和させたように思えます。

高野山、敦賀、豊橋を結ぶ正三角形

　まず四国霊場一番から八十八番まで巡礼し終え、次に長野県の善光寺を参拝し最後、高野山へ行って締めくくるルートを想像すると、「〆」という文字が浮かび上がります。図のように日本列島を北東鬼門に縦断する中心を高野山にします。この文字「〆」も空海が考えたのかもしれません。

また、高野山と敦賀（氣比神宮）と、豊橋（小坂井町）を結ぶと正三角形になります。

このことから空海はこの双方を重視したと思われます。敦賀に葬られた天武天皇と、持統上皇が神々の誓約を祈願した三河（豊橋）が結ばれるからです。

そして何より高野山・金剛峯寺の裏山が立里山であることが重要で、私はこの立里山に封印された「鐘」スサノオを一二〇〇年間封印するためにこの場に寺院（金剛峯寺）ができたと思っております。

国中の民衆を巻き込んで大渦を描くように巡礼させるには、まずは民衆が四国八十八ヶ所霊場を巡礼することで四国一帯に大きな渦の円ができ、その後は善光寺へ出向いてから高野山を参拝。この順路とは、四国と日本列島の中央に二つの大きな渦の円が巻かれ、円は「0」、この二つを上下に足すと「8」になります。「∞」とは永遠を意味しますから、民衆によって集められた気を高野山より、封印された各地に向け、一気に霊気を吹き放ったように思えます。

高野山と福井県の敦賀、そして愛知県の豊橋を結ぶと、ほぼ正三角形になることも偶然ではないように思え、空海の伝説、「解かずして死す」という謎の暗号は、柿本人麻呂の「無念」を受け入れたものであり、その導きは人麻呂の孫である橘逸勢から伝授されたことが想像できます。「いろは歌・あめつちの詞」は人麻呂が考案し、それを空海が引き継いだようで、いずれにしても並外れた天才にしか分からぬ暗号が秘められています。

韓国の古代史

二〇〇一年に統国寺住職より韓国の冊子を頂いて読むと、予言のような内容が書かれていました。その一部を紹介させていただきます。

一九六七年五月、韓国の新聞に「世界最初の水中陵が見つかった!」と掲載された記事によると、水中陵が見つかることで慶州市は、ここを一大観光地にしようとしました。慶州市は文化財や古墳・寺がたくさんある所で、それに水中陵まであれば一大観光地になるとにらんだ当時の朴正熙大統領。「中に何があるか分からなければパンフレットも作りようがないので、水中陵を暴き出せ」と指示したのです。しかし文武王は王祖ですから、その直系にあたる人が慶州にはたくさん住んでいます。その人たちが先祖の墓を暴かれたとなれば大変な騒ぎになることから、一九六七年七月、その当時は通行を禁止する時間帯があったため、その時間帯に内密で作業をするよう、市長と韓達猨《ハンタルウォン》企画室長に命じました。さっそく韓達猨のメンバーが船に乗って二トンの岩蓋を上げて中へ潜ると、机の引き出しのような金具が五つあり、白地の肌の石に黒い文字がありました。引き出しの二つ目を引き出そうとしたら、潜水夫の気分が悪くなり、凄い光と音がして、祟りでもあるのかと思いましたが、なんとか写真を撮ったとのこと。

そのフィルムは極秘中の極秘で、朴正熙大統領に直接手渡され、朴大統領と韓達猨、伊泰瞻の三名しか知らなかったのですが、朴正熙は一九七九年に暗殺。後に韓達猨も死亡し、伊泰瞻だけが残りました。彼はこれを誰かに託さなければと思い、二二年後の一九八九年に専門家の金重泰に手渡しました。その解読には八年もかかり、一九九七年八月に『元暁太子の訣書』という書籍にまとめられました。

『元暁太子の訣書』について【統国寺提供】

元暁訣書の基本は四六七文字（一部欠落した文字もある）ですが、仏教・儒教・道教・易・四柱の全ての知識を知り得た者でなければ理解できぬようにしてあったといいます。

「二〇〇〇年前後に天地開闢が起こることを予言し、今までヨーロッパが中心であった世界が後にアジアが中心に築かれる」という内容とのこと。

また、「一三〇〇年後には天の意志によって天地開闢が行われる」ともあり、これが書かれた時期とは、七世紀です。この頃、六六〇年に百済を滅亡させ、六六八年には唐と連合を組んで高句麗を滅ぼした新羅。それで朝鮮半島の統一を成し遂げようとしたら今度は唐との争いになりました。その唐との争いの最中に文武王は、元暁僧侶に「戦いをするべきか否かを相談」したと。元暁僧侶とは義理の兄にあたったことから文武王は、「唐と戦って国を統一させたい」と相談するが、「やれば負ける」と、元暁僧侶は争いを避けるように指示。その内容が碑文にまとめて書き記されていたのです（文武王が日本へ亡命して文武天皇になった説はつじつまが合います）。

文武王の息子は、この神より与えられた元暁僧侶の訣書をきちんと保管する役目があったことから「神文王」となったといわれます。元暁僧侶はこの訣書を、「お寺に置いてもダメ、土の中に埋めてもダメ、山に持って行ってもダメ、全部ダメ」と言うので、それではどこに置けば良いのかと聞くと、「次の王の時代には分かる」と告げたとのこと。

文武王が去った後の時代、海中より突然に隆起して島ができたようで、これこそまさに天が造った場所！　そこへ安置することができたのは、一四〇年が経過した頃です。文武王の息子（神文王）・考昭王・聖徳王・考成王・景徳王・恵恭王・宣徳王・元聖王・昭聖王・哀荘王・憲徳王・興徳王（八二六～八三六）の一二代を経た王の時代に完成……。

解けかけた封印

二〇〇一年の暮れ、統国寺住職からこんな話を聞きました。

それは某神社、官幣大社《かんぺいたいしゃ》の継承者である禰宜が、代々伝えられる口伝について、ある新聞記者を介して統国寺住職に相談してきたという話です。

官幣大社は、官（朝廷、国）から幣帛ないし幣帛料を支弁されていた神社。氣比神宮もそうです。内容は、一二〇〇年経ったら神が交代すると言い伝えられるが、それはどういう意味か？ということだったそうです。

この答えは未だに不明ですが、それよりもなぜ、統国寺の住職に問い合わせられたかです。統国寺の住職は韓国仏教会に所属される在日の僧侶であられることから、古代の歴史の真髄を探ろうとしたら朝鮮半島の歴史を除外しては解明できぬと察したのでしょう。

この質問を聞いた私は即、平安京へ都を遷した七九四年から一二〇〇年と直感！　なぜならこれ以前に住職より与えられた韓国の資料から、新羅時代の政権が持統天皇と深い繋がりがあったことを知り、その内容に「一三〇〇年後に天の意志によって天地開闢が……」と記載された部分があるからです。それは持統天皇の時代から一〇〇年が経過して、空海がその意志を継承したと想定する年月が、「一二〇〇年」が経過した現在に至るまで、旧官幣大社の口伝として伝えられたとみるのです。

しかもその一二〇〇年後の天地開闢という年月は、一九九五年一月十七日、阪神淡路大震災の日であり、旧暦では一九九四年に入ることから、寸分も狂わずに神々の誓約が実行されたと恐れております。

しかもこの日が、私の息子の誕生日であったのも因縁です。

無論一三〇〇年の封印とは私の考えですが、持統・文武・高市の連合軍によって天武を殺めたことで、祟られぬように亡き天武が納得する内容の祈祷を施したことでしょう。

それにはまず、天武が封印したスサノオを一三〇〇年間は封印し続けること。

そして一〇〇年後にはアマテラスを早期に復活させること。

これで天武の怒りと祟りを鎮魂し、それによって文武を天皇にする戦争（高市皇子・藤原不比等）に勝利するため、神々との誓約をするという由縁。それは、何より新羅において水中陵墓の碑文に刻まれた「一三〇〇年後には天の意志によって天地開闢が行われる」という内容に類似した作業が、文武と持統によってこの豊橋で行われた祈祷（神々の誓約）であろうと思っております。このことが故郷の小坂井町誌の七二二ページに、「国開びゃくの昔より……」と記載される他、古代より「ほの国」と言われる豊橋が、古代は豊葦原水穂国であったがゆえ、いつしかトヨアシハラが「豊橋」になったと想像しております。

ここで持統行幸がスサノオとアマテラスの契約をしたと思えるのは、持統上皇が豊橋において最後に行った、文武天皇の戦勝祈願をした後に崩御されたことから、持統天皇は、「高天原《たかまのはら》広野姫」の諡《おくりな》を受けるとは、ここが古代は高天原であったように思えます。

つまり小坂井町は古代、「豊葦原國・スサノオとアマテラスの誓約《ウケヒ》の地・天地開闢の地」であったと考えられます。

天岩屋戸

日本神話にある天照大御神様が天の岩戸へお隠れになられたという洞窟とは、一体どこに存在するのでしょうか？

天武天皇が崩御（六八六年）されたことで、天武の反対勢力は信仰（アマテラス）も封印したことが想定されるのは、天武が過去に天智の信仰（スサノオ）を封印していたからです。

ゆえにアマテラスは、天武が崩御されてから約一〇〇年間（六八六～七八六）を熊野権現（後の熊野本宮大社）に封印されていたのではないかと推測します。

このことが天岩屋戸《あまのいわやど》にお隠れになられていた時期であったのではないだろうか……。

「元号について」前項の「日本への渡来民族」にもあったように、二世紀後半の『後漢書』に記される「雲・熊・隈」は「メク」の民族であることから、天武の「熊」という象徴が地域名に当てられたであろうと想像できます。

それに付随して三本足の「鳥／とり」とは、出来すぎています。ゆえに数々の由来が「不詳」として秘められたのではないだろうか……。


桓武天皇の時代（七八四年）に、山城国（長岡京）に遷都してから天災や身内の不幸などが次々と起こったことで、朝廷は、何かの祟りかと思ったでしょう。「スサノオとアマテラス」を封印したままだから天の怒りが起きたのではと、黄泉の祟りに恐れおののく朝廷に、まずはアマテラスを復活させることを実行させたのが空海であったと想像しております。


彼はこの時期、彗星の如く出没した呪術のヒーローであったことから、彼が発した提言を朝廷は素直に受け入れたであろうことは想像に難くないことです。

この空海の行動を鑑みると、彼が入唐した船に乗船した人員の中に、橘 逸勢という人物がおり、彼は柿本人麻呂の孫にあたる人物であったことから、人麻呂の遺志が詳細に空海に伝えられたことでしょう。「熊野本宮・伊勢神宮・豊橋」が、北東鬼門で結ばれるように建立された経緯！

文武天皇が三河の大戦で勝利するために、父（天武天皇）が行った「スサノオの封印」を継続し、父の信仰する神、アマテラスを早急に復活させることを神々に誓約したと想像します。

持統天皇は、孫である軽皇子（後の文武天皇）を溺愛した果てに、軽皇子と高市皇子らが共謀して天武の抹殺を企てるという大罰当たりをしたことから想像すれば、自らが勝利するためには、殺めた天武の信仰を叶えることで怨念を軽減してもらい、更には加勢してもらわないと勝利できぬとして、神々に懇願したことでしょう。

このことが「神々の誓約」本文の最大の空想劇であります。

「天武がスサノオを封印したら、今度は高市皇子がアマテラスを封印した。」黄泉の世界を恐れた時代のことです。この一部始終を理解したであろう空海が、スサノオを自ら封印（この時期から一二〇〇年間）することを決意して鎮座したのが高野山であり、立里山に封印された鐘（スサノオ）も、呪術によって後々まで封印（鎮魂）を継続させたのです。

そして一九九五年一月十七日（旧暦では一九九四年）、誓約通り天地開闢によって寸分狂わずに一三〇〇年間の封印が解け、神スサノオは復活したというのが私の空想です。

大塚国際美術館の謎

鳴門の夢から徳島周辺へ出向くうちに、光の降臨によって導かれた上一之宮大粟神社において三人の絵馬に出会いました。幾度もこの神社を訪れながら絵馬の意味を想像するうちに二〇年という歳月が経過してしまい、やっと最後に辿り着いたのが見慣れた大塚国際美術館でした。

この頃（二〇二〇年）統国寺住職は、かなり『万葉集』を解読しておられたことにより、柿本人麻呂は身代わりが処刑され、あの神山町のテンペノ丸において地域の人々に匿われていたことが分かったのです。

その人麻呂復活と符合するかのように大塚国際美術館では、「キリストの再臨」を表す絵画が掲げられ、また、モネの『大睡蓮』は、大粟神社の三名の絵馬を表しているようで、いずれも、「若き頃・中年・晩年」というように共通していたことに統国寺住職が気づかれたのには本当に驚きました。

二〇年前、初めて三人の絵馬を見た時、同一人物で代々の朝廷に仕えた策士・柿本人麻呂であろうとは前述しましたが、その根拠を統国寺の住職が見つけられたのですから素晴らしいことです。前項の「鯛やヒラメが舞い踊る」浦島太郎の物語とは、竜宮城は海の底、「黄泉の国」であります。そこから舞い戻ったとは、身代わりが黄泉の国へ召されたことで人麻呂は隠れて生き延び、時期を見て復活したという意味が、大塚国際美術館に掲げられた「キリストの復活絵」、その他の絵によって表現されていたと推測します。

「鳴門遍」で、統国寺住職に、「昨年、岐阜県洞戸村へ数珠を奉納したが、そこはこの鳴門から北東の鬼門にあたる」と述べたところ、住職は、「七一五年までに北東方面で一斉に信仰が始まったとは、政権交代か……」と、そこから初めて疑問を抱かれるようになりました。

その後に釈住職から、洞戸の周辺には高賀六社巡りという巡礼（高賀神社、本宮神社、新宮神社、星宮神社、瀧神社、金峰神社）があることを聞きました。瀧神社には「猿丸太夫の碑」があるのですが、その猿丸太夫が人麻呂であろうこと、更に星宮神社にも「柿本人麻呂の和歌の碑」があると聞いて、この洞戸に人麻呂は出向き何かの鬼門封じをしたであろうことが想像できます。なぜなら、人麻呂が生き延びた場所、鳴門の「裏鬼門」が、西南の方角にあたるテンペノ丸であるからです。このことから、人麻呂は鬼門の裏から表まですべてを守護するために出向いて何かを仕掛けたように思います。

護符か石板に呪文を刻んで埋めたのかもしれません。

大塚製薬が販売するオロナイン軟膏とかオロナミンCにはいずれも「オロ」がついています。住職によると、古代ハングルでは「オロ」には、「権力者」や「部族の長」という意味があるとのこと。大塚製薬は鳴門市で一九二一年に創業された大企業ですが、「オロ」という古代朝鮮語のトップを意味する商品名は興味深いものであります。

「オロ」の人たちは、朝廷を支えるほどの実力を持った集団であったと言われています。その人たちが神山町のテンペノ丸の山を守護したとすると、私にはあのテンペノ丸という奇妙な山の意味が次のように思えたのです。

テンペノ丸という何とも奇妙な山の名称。

人麻呂と藤原宮子との間にできた子が後に「聖武天皇」になったとすると、この山において、人麻呂は「文武天皇を変える」祈祷を継続したことでしょう……。そしてなんと、その念願がついに叶ったのです。

つまり、「天(天皇)を変えた人麻呂」という意味を知る限られた有志の間で、この山のことを密に「天変麻呂／テンペノ丸」と呼ぶようになったとは考えられないでしょうか。ゆえに、地元の人や役場で聞いても分からなかったのです。

テンペノ丸に数珠を奉納

二〇〇三年八月十七日、念願であった日本の聖域「大粟神社（テンペノ丸）」に数珠を奉納することが叶いました。ですが、ここは湿気が多く、数珠にカビが生えるのを防ぐために絶えず磨く必要がありました。苦労する宮司様の困難をなんとかしようと、氏子総代会に妙案を依頼したところ、神山町史（阿野の勧善寺が所蔵する大般若経巻一三〇書）に、「阿州名西郡大粟山上一宮長満寺」とあることから、この神社とゆかりある長満寺に置く方が良いと判断されました。テンペノ丸で三年間の禊をした数珠は二〇〇七年一月二十八日、晴れて長満寺へ奉納されました。この数珠は、不動堂の天井に安置されております。

私見のまとめ

『万葉集』を解読される統国寺・崔无碍住職により本当の歴史が次々と解明されたことで、私の空想が事実であった、その根拠を見出されたのですから恐ろしいことです。

考えれば住職は二〇年前から口癖のように、「四国と出雲の歴史が存在しないのはおかしい」と言っておられましたが、韓国の李寧熙先生の『もう一つの万葉集』を研究されるうちに、どうも邪馬台国も卑弥呼も、天武が全てを消し去ってしまったようです。

邪馬台国と卑弥呼の一族が「濊＝八」の部族であったことが気に入らず、彼らの功績を悉く消滅させてしまったように思える天武は、「貊＝隈／メク」の血統だったからでしょう。

天武以前の古代より、日本海は冬場は時化て出られませんが、年間を通して温暖で、回航できる瀬戸内海ほど便利な交通網はなく、国内外の船が頻繁に九州から四国・中国地方に往来して活気に満ちていたでしょう。それを見張る要の政権が存在しないなどはあり得ぬことです。つまり天武が全ての歴史を消し去ってしまったということです。

このように古代人の血統を分類したルーツを熟知しないと、物語の真相は解けないことを統国寺住職から教えられました。

橘紋

吉川紋

人麻呂が橘諸兄になったという説明を前述しましたが、大粟神社の絵馬（中央の老人）の家紋が、丸に三つ引き両、「吉川／キッカワ」であります。しかし彼は橘の姓も名乗っていますから、吉川の「キッ」は柑橘のキッで、神山周辺の地場名産「すだちの・キッ」から「橘《たちばな》・吉《きっ》」双方の家紋を使い分けていたことが考えられます。

更に大粟神社の天井絵に、「剣を持つ桃太郎武士・桃を持つ老人・青柿を見つめる猿・橘樹《すだち》の花・鳥・雉・柿の実・吉の文字」その他。

犬と蟹の絵はありませんが、柿の木に登って柿を見つめる猿とは、さるかに合戦の物語までがここに掲げられているように思えます

付記

先にも述べたように、故郷の小坂井町、豊橋が「ほの国」と言われるのは、この地が古代、豊葦原水穂國で

あったから。「トヨアシハラ」が「トヨハシ」になったのでしょう。

また、この地が高天原であったと思えるのが神道の祝詞、「大祓い（中臣祓事《なかとみのはらえのこと》）」の内容の一部から、次のように思えるのです。


「高天原に神留坐」…集まる神とは、天皇に相応しい位の方が集う。

「豊葦原水穂國を安国と」…つまり高天原は豊葦原水穂國であるようです。

また、「大船を舳解放ち艫解放ちて大海原に押放つ事の如く」が、船を結ぶロープの船首と船尾を解き放つ「船首（舳《へ》）先と、船尾（トモ）」であることからすると、文武天皇と高市皇子、それに藤原不比等の軍勢によって、天皇（神）の座を巡って戦争が三河湾で繰り広げられた大戦のように思え、この大戦の全てを祓い清めて、この先は安泰（安国）に至ったと想定します。

しかしこのような歴史上最大なる大戦が、日本書紀やその他にも記録されていないのはなぜか？　唯一このことが秘められていたのが、「大祓え」の祝詞だったのではないだろうか……。

祝詞の内容は理解できませんが、節々に気にかかるのが、「天《あま》の御蔭《みかげ》と隠《かく》り坐《ま》して」「天《あま》つ神《かみ》は天《あま》の磐門《いわと》を押披《おしひら》きて」などは、アマテラス様がお隠れの後、おいでになられたことのように思えます。

二〇二一年十二月一日、統国寺住職と豊橋駅で待ち合わせ、持統上皇の三河御幸の場を探しために周辺の神社を回るうちに、「どこかに船団の祭りがないか?」と住職から聞かれて思い出したのが、蒲郡市三谷町七舗に在る、八剱《やつるぎ》神社の「三谷祭《みや》」でした。「山車《やま》」と呼ばれる豪華で大きな四台の山車を大勢の男性が引き回しながら八剱神社と若宮神社の間を練り歩き、最後の日に「海中渡御《かいちゅうとぎょ》」という、海の中へ山車が入っていく光景をテレビで観た覚えがあり、それは船団が衝突しているような光景であったことから、そこを訪ねました。

八剱神社の創建は延暦十二(七九三)年とのことですが、御由緒の祭神が日本武尊であることが掲げられているのを見た住職は、「ここで高市皇子が殺されたようだ……。この祭りは大船団による衝突を物語っている」と言われ、この大規模な戦争が歴史上に登場しないのは文武天皇が隠させたのかもしれないと推理しました。

「藤原不比等は天武天皇の実子であった!」と、李寧熙先生が『もう一つの万葉集』で述べておられることからすると、不比等は文武天皇と腹違いの兄弟ということになります。私には不比等がこの大戦を編纂して「大祓え」に纏めたように思えます。彼が日本書紀の編纂に関わる優れた人物であったことが伝えられているからです。

更に李寧熙先生が、神武東征《じんむとうせい》は、天武天皇であると述べられていることにも驚きでした。いずれも今までの歴史上の定説からするとお叱りを受ける記載でございますが、ここは述べさせていただきます。

偶然にも豊橋公園には「神武天皇像」が聳えていますが、これは明治三十二年に建立し奉られたものだそうです。

この高天原（豊葦原水穂國）において安泰が始まったことから、彼ら（文武・不比等）の父を始祖（御旗）に「安国」に定めたとすれば、このことが一部の豪族に代々継承されたと考えられます。やがて明治二十七年に日清戦争が始まり戦時下となったことで、再び守護神として建立されたのではないでしょうか。

話は逸れますが、小坂井の五社稲荷の隣にある「菟足神社《うたりじんじゃ》」の案内板（豊川市教育委員会「菟足神社と徐福伝説」には、紀元前三〇〇年に三千人の渡来人が来たことが記されています。また、彼らは始皇帝の部下で「秦徐福《しんのじょふく》」の一行であるという伝説が、諸本に掲載されています。

他にもこの神社には「人身御供」の伝承があります。昔、大祭の日の朝一番に通りかかった女性を生贄にする（首を刎ねる）風習があったという話は叔父からも聞いたことがありました。その後、いつしか生贄は猪となり、やがて江戸時代には雀十二匹を供えるようになったということがインターネットから分かりました。この十二という数字。これは旧約聖書にある古代イスラエルの十二支族に通じていて、彼らが行っていた燔祭（生贄神事）に通じているのではないだろうかと私には思えたのです。

徐福らの渡来人一行は、「不老長寿の妙薬を探す」という名目で日本各地を探索し、この地でその妙薬を見つけたように思えます。三河が「蓬莱・鳳来・宝来」とも呼ばれる地であるからです。日本全国に徐福伝説は存在しますが、彼らの痕跡でこのように残虐な祭りをした場は、この小坂井町以外にないように思え、そこから察すると、「何かの宝が来た」というように私には見えます。彼らが日本へ亡命する際、世界中の宗教が探す幻の「契約の箱」を持ち運び、どこかの山に隠したのではないかと想像しております。

毎年、小坂井祭りでは菟足神社の境内において手筒花火が行われます。叔父の話を聞いてからというもの、私には、あの手筒花火の光景がまるで「首を刎ねられた人」のように思えてしまいます。

このように小坂井地区は徐福伝説や神武天皇像までもが聳えることから、いわば神々の総本山のような地であったように思えるのです。

以上、ご拝読ありがとうございました。

本文は、二五年間の記録を空想して纏めたものでありますから、理解しにくい点もございますが、何分にも内容につきましての賛否はご遠慮願います。

振り返れば、私たちは遠い前世から何かの因縁で全ての行いが決められ、西暦二〇〇〇年に出会って行動することになっていたように思います。

大粟神社の天井絵　桃を手にした老人

大粟神社の天井絵　青い柿を見つめる猿

この結末によって日本は、今よりも更に近隣諸国と仲良く平和になれることを切に願い、微塵にもお役に立てたのであれば幸甚でございます。
この時代に生かされたお導きに感謝する次第です。

韻山鐘九　　合　掌

付録

念珠　各地への奉納

三重県／津市白山町　大観音寺
2000年7月25日～2か月間、平和祈祷会

大阪府／天王寺区茶臼山
統国寺　2001年　奉納

岐阜県関市／（旧）武儀郡洞戸村　2002年　奉納

韓国／原州雉岳山　観音寺（2本を奉納）　2002年
※1本は北朝鮮への奉納待ち

インド／ブッダガヤ　マハーボディ寺院（世界遺産）
菩提樹の下で世界平和祈願会

2003年7月、福岡県のT氏の導きにより総勢約50名が手荷物として数珠の大玉を飛行機に積み込み、インドへ向かいました。お釈迦様が悟りを得られた聖地ブッダガヤの菩提樹の横にテントを設け、そこで世界平和祈願会を行いました。

この時の導師は、釈正輪住職です。

写真の数珠から母珠のみを奉納。その母珠は、仏舎利塔の3階、「開かずの間」に安置されました。

平和祈願会を終えたこの数珠は、再び手荷物として飛行機に積み込みました。そして帰国した翌月、8月17日に徳島県神山町のテンペノ丸「上一之宮大粟神社」に奉納され、2007年1月28日には長満寺に奉納されました。

中国／吉林省集安市　白蓮寺（古代高句麗の地）
2006年　奉納

徳島県／神山町神領　長満寺　2007年　奉納

モンゴル／ウランウデ　ダシチョリン寺院
2007年　相撲宮殿で式典披露

ロシア／ウランウデ（バイカル湖近く）　チベッキセンター
2008年　奉納

おわりに

今回の執筆にあたり、凡そ二〇年に及ぶ四人の出会いと全ての出来事は、まさに『妙法《みょうほう》』であると再認識致しました。

私が『妙法』なる言葉を最初に聞いたのは、元暁《がんぎょう》宗統国寺住職崔无碍《チェムエ》師からです。恥ずかしいことですが、僧侶の私は『妙法』なる言葉も、その意味さえも知らなかったのです。

妙法（梵：Saddharma）とは、『妙法蓮華経《みょうほうれんげきょう》』の最初の頭二文字の言葉で、深遠微妙《しんえんびみょう》なる教えだといわれています。

具体的に申し上げるならば、『妙』は「宇宙」そのもので、宗教的表現でいうなれば、神聖なる絶対無比の意味となります。

また『法』とは、釈迦の悟った真理を表し、「永遠の真実」とでも申しましょうか、全ての理《ことわり》は人智を超えたところに在る。ということになります。

実に不可思議な因縁によって、日本、朝鮮、韓国、三国の僧侶たちが結集することとなりました。

ここに至るまでには、様々な葛藤が各々にあったことも事実でございます。時に、疑心や不信に陥ることも度々あれど、それでもどこかで繋がっていたのです。

私たちは日本国内や海外へ大念珠の奉納の他、鳴門海峡での祈祷と、僧侶として可能な限り、恒久平和への祈願をしてまいりました。これは生涯にわたる誓願でもあります。

日本の正史を知る上で欠かせないのが、朝鮮半島との関わりです。それは近代・現代ではなく、古代の日本列島と半島の関わりです。

古代の正しい認識を、三国の民《たみ》が知ることこそ、現代の政治や文化を正当に導く鍵となります。

私の本名は、武藤宗英《むとうそうえい》と申します。この名前は戸籍上の名前でもあり僧名でもあります。しかし現在では釈 正輪《しゃくしょうりん》という、韓国曹渓宗《そうけいしゅう》の僧名で活動をしています。

名前の由来については、まさに仏縁とはこのことだと信じて疑う余地はないような、深縁《しんえん》な歴史がございますが、紙幅上割愛させていただきます。

曹渓宗とは、大韓民国の禅の教義を主体とする大仏教教団です。

高麗時代中期の僧、知訥《ちとつ》（一一五八年～一二一〇年）を開祖とします。知訥は禅以外にも天台・華厳などの教学を包摂《ほうせつ》する教えを説きました。

私は曹渓宗五大叢林《そうりん》の一つ、白羊寺《はくようじ》（ペヨンサ）の李西扇大宗正《りさいおうだいしゅうせい》を師と仰ぎ、日本曹渓宗大本山高麗寺《こうらいじ》管長、釈泰然《しゃくたいねん》老師の法縁により、二人の師の下、出家得度をいたしました。

私は日本人ですが、李師はこのように仰いました。

「日本と韓国と朝鮮は同胞の民族です。三国が争いを避けるためには、まず僧侶が正しい歴史認識を確立することが大切です。そのためには、あなた（釈正輪）には、国と国を結びつけ、人と人を結びつけるような僧侶になっていただきたい。人の上に立つのではなく、慎ましくも粛々《しゅくしゅく》と凛とした一個人の、孤高の僧侶として活動してほしい」

そんな思いで名付けていただいた僧名が釈正輪なのです。

以来、私は僧名に使命と誇りを持ちながら、淡々と日々活動を続けております。

若かりし頃、私は高校の教壇で古典の教鞭をとっておりましたが、その時の『万葉集』の解釈と、崔師の解読する『万葉集』の解釈とは似ても似つかぬ、驚愕的な内容に驚嘆しました。

しかしそれは古代の日本列島と朝鮮半島の歴史を知る上で、重要な鍵を握っていることに気がつきました。

今回、私が担当致しましたのは、そもそも漢文で書かれた『万葉集』ですが、有識者の方々の日本的な解釈に、私なりの日本的解釈を付け加えさせていただきました。

『万葉集』は、七世紀後半から八世紀後半にかけ、律令国家の形成期に編まれたわが国最古の歌集で、凡そ四五〇〇首の歌が収められていると言われています。

実のところ、編纂《へんさん》や成立の経緯については、詳しくは分かっていないのです。複数の編者の手にかかり、複雑な過程を経て成立したもので、最終的に大伴家持の手によって二〇巻にまとめられたのではないかとされています。

その内容は、「雑歌《ぞうか》」「相聞《そうもん》」「挽歌《ばんか》」の三大部立に分類されています。「雑歌」は旅や遊宴などの歌であり、「相聞」は概ね男女の恋の歌です。「挽歌」は死生観の歌です。

これらが、私たちが認識する古典的な『万葉集』でした。ですが、崔師の解読する古代朝鮮語によりますと、三大部立との内容からは全く想像を超える「恐ろしい万葉集」が見えてくるのです。

それはまた古代の正史を紐解くタイムスリップでもあり、悠久のロマンの旅でもあるのです。

この『人麻呂のシグナル』から垣間見る三国の正史が、歴史の新たな幕開けとならんことを願って止みません。

最後に、「柿本人麿像（円空作）」の写真添付を、快く承諾してくださいました東山神明神社氏子総代小井戸真人（高山市議会議員）様、ならびに氏子の皆様、宮司様、そしてひとかたならぬご協力を賜りました高山市教育委員会事務局文化財課、飛騨高山まちの博物館様にも、心より感謝申し上げます。

令和五年　吉日

釈正輪　九拝

著者プロフィール

釈 正輪（しゃく しょうりん）

禅（臨済宗・曹洞宗）、真言宗、天台宗、曹渓宗を修行兼学し、釈迦の仏法を提唱する。現在は眞日本龢法（まことのやまとわほう）宗家として、日本の正史の研鑽から、実践的な日本文化の復興に尽力する。
単立宗教法人報恩閣、祇園堂の初代貫主。

崔 无碍（チェ ムエ）

北海道出身。朝鮮大学校卒業。1988 年に宗教法人和気山統国寺（古名一百済古念仏寺）に入山し、今日に至る。現在単立寺院「和気山統国寺」代表役員、住職。
著書に『百済古念仏寺の謎を解く』『元暁大師絵伝』『元暁大師の訣書』がある。

韻山 鐘九（いんざん しょうきゅう）

愛知県出身。某県の高校を卒業。
2004 年に得度。現在、岐阜県在住。

人麻呂のシグナル
「いろは歌」『万葉集』、そして四国に隠された真実

2024年 7 月15日　初版第 1 刷発行

著　者　釈 正輪／崔 无碍／韻山 鐘九
発行者　瓜谷 綱延
発行所　株式会社文芸社
〒160-0022　東京都新宿区新宿1－10－1
電話　03-5369-3060（代表）
03-5369-2299（販売）

印刷所　株式会社フクイン

ISBN978-4-286-25403-6